CAPTAIN COURAGEOUS

勇 敢 的 船 长

[英] 约瑟夫·鲁德亚德·吉卜林——著

吴朝华——译

四川大学出版社
SICHUAN UNIVERSITY PRESS

图书在版编目（CIP）数据

勇敢的船长 /（英）约瑟夫·鲁德亚德·吉卜林著；
吴朝华译. -- 成都：四川大学出版社，2024. 8.
ISBN 978-7-5690-7233-4

Ⅰ. I561. 88

中国国家版本馆 CIP 数据核字第 20240U61G0 号

书　　名：勇敢的船长
　　　　　Yonggan de Chuanzhang
著　　者：[英] 约瑟夫·鲁德亚德·吉卜林
译　　者：吴朝华

责任编辑：敬铃凌
责任校对：喻　震
装帧设计：曾冯璇
责任印制：李金兰

出版发行：四川大学出版社有限责任公司
　　　　　地址：成都市一环路南一段 24 号（610065）
　　　　　电话：（028）85408311（发行部）、85400276（总编室）
　　　　　电子邮箱：scupress@vip.163.com
　　　　　网址：https://press.scu.edu.cn
印前制作：人天兀鲁思（北京）文化传媒有限公司
印刷装订：北京文昌阁彩色印刷有限责任公司

成品尺寸：145 mm×210 mm
印　　张：9
字　　数：142 千字

版　　次：2024 年 9 月 第 1 版
印　　次：2024 年 9 月 第 1 次印刷
印　　数：1-3000 册
定　　价：68.00 元

本社图书如有印装质量问题，请联系发行部调换

扫码获取数字资源

四川大学出版社
微信公众号

目 录

第一章

北大西洋海面上弥漫着浓雾。一艘巨轮，拨开浓雾奋力前进。轮船不断地鸣响汽笛，以避免和捕鳕鱼的渔船发生碰撞。

这艘船是从纽约开往英国的定期班轮，有五六位乘客在头等舱的客厅里闲聊。

"船上那个叫切尼的孩子是个捣蛋鬼。"身穿绒大衣的人"砰"的一声关上门，说，"千万不能让他来，他太肆无忌惮了。"

一个头发花白的德国人，一边啃着手里的三明治一边嘀咕道："我认识那家人，美国全是这种人。我告诉过你，开账单不要那么死心眼儿。"

"哼！那也拿他没办法。谁都不会像家人一样惯着他。"一个从纽约来的人慢条斯理地说，他正仰着躺在垫子上，头顶上的那扇天窗雾蒙蒙的。"他只有几岁大时，就已经被拉着从这个旅馆转到别的旅馆了。今天早上我还和他母亲谈话了，她的确是位非常可爱的太太，管教不住孩子也不假装。听说他计划去欧洲完成学业。"

"学业还没开始，那个孩子每月就已经能拿到两百美元的零用钱啦——这可是我听他亲口说的，要知道他还不到十六岁呢！"有个蜷在角落里的费城人说。

"他父亲是搞铁路的吧？"德国人问。

"是的。而且还搞开矿、伐木和海运之类的，他父亲在圣迪戈造了一座别墅，在洛杉矶又造了另一座别墅。五六条铁路都是他的，太平洋沿岸很多木材公司也都归他所有。他允许妻子任意挥霍财富。"费城人懒洋洋地接着说道，"她说她不适合待在西部，总带着那孩子和自己神经质的毛病到处走。我猜想，她可能是想给孩子找些好玩的事情。他们去佛罗里达、阿迪朗达克山脉、莱克伍德、温泉、纽约，然后再回来。直到现在，他都不如一个二等旅馆的职员好说话，以后在欧洲毕业了，肯定也是个刺儿头。"

"为什么他父亲不亲自管教他呢？"一个穿着粗毛起绒大衣的人问。

"他被暗礁搁浅了。我估计，他不想被别人打扰。他应该会在几年后发觉自己的错误。可惜的是那孩子身上有很多优点，不知道你们有没有发现？"

"是该严加管教！"德国人声音低沉道。

门"砰"的一声打开了，一个约十五岁、瘦瘦高高的孩子，半截烟斜叼在嘴上，弯着腰穿过高高的走廊，走了进来。他那白里泛黄的脸色并不符合他的年龄，面貌中不仅有飘忽不定、虚张声势的成分，又混杂着一种毫无价值的小聪明。他身穿红色运动衫和灯笼裤，脚穿红袜子和一双自行车鞋子，头戴一顶红色法兰绒帽。他吹了一声口哨，瞅了一眼那帮人，又抬高嗓门道："啊，外面雾很浓啊！你们听，小渔船一直在围着我们转呢。要是我们把一条小渔船碰翻该多有趣呀！”

“把门关上，哈维。”纽约人说，“到外面待着，这里不欢迎你。”

“谁能阻拦我？”他不急不慢地问，随后又说，“马丁先生，难不成是你为我付了旅行费用？我认为我和这里的所有人一样，完全有权利在这儿待着。”

他从棋盘上拿了几颗棋子，把棋子在两只手里抛来抛去。“先生们，我说，真是太无聊了。我们为何不打打扑克？”

没人回答。他吐了口烟，晃着两条腿，用脏兮兮的手指头敲打着桌子。然后，他拿出一卷钞票，准备数一数。

一个人问：“你妈妈今天下午还好吗？我没见她来吃饭。”

“应该还待在她的特等舱里。她在海上差不多总要晕船，我花十五元雇了个女服务员照看她。我嘛，能躲就躲，根本待不住。要知道，这还是我第一次出海航行呢。”

“啊，不要恭维自己，哈维。”

"谁恭维自己啦？这确实是我第一次横渡大西洋。先生们，除了第一天，我从没晕过一次船。没有晕过，先生们。"他得意扬扬地用拳头在桌子上狠狠地敲了一下，接着把手指弄湿，又点起钞票来。

　　"啊，你确实是一台高级计数机，一眼就能看得出来。"费城人边说边打着哈欠，"说不定你还能为国家增光添彩呢。"

　　"我知道。我是个美国人——自始至终都是美国人。到了欧洲，我会让他们明白这一点的。呸！我的烟灭了。我不会吸服务员卖的这种水货。哪位先生身上带着正宗的土耳其烟？"

　　此时轮机长进来转悠，他面色红润，挂着笑容，身上湿漉漉的。"嘿，麦克。"哈维兴奋地喊了起来，"你说我们如何才能找到一支土耳其烟？"

　　轮机长把脸一沉，说："那太简单了，要多少有多少。按照习惯，年轻人要尊敬长者，长者也应该回以尊重。"

　　一阵低笑声从角落里传来，德国人把烟盒打开，给哈维递上一支黑得发亮的雪茄，说："年轻的伙伴，要吸就得吸这种好货。尝尝看，如何？你不是想过过瘾吗？"

哈维用一个滑稽的姿势点燃那支不讨人喜欢的烟——他认为自己已经进入了成人的队列。

"看来只能多吸这种烟才能把我熏晕。"他不知道自己吸的其实是一种便宜又细长的烈性飞轮牌雪茄。

"这点我们很快就会清楚。"德国人说，"我们现在在什么地方，麦克唐纳先生？"

"仍然在周围一带的海域里，斯切弗先生，今天晚上我们将到达纽芬兰①。不过总体来讲，我们现在一直在捕鱼船队中行驶。从中午到现在我们已经路过了三条平底渔船，还差点把一个法国人的帆杠撞断了，可以说这已经是超群的航海水平了。"轮机长说。

"你喜欢我的雪茄吗？"德国人见哈维的眼睛里涌满了泪水，于是问道。

"真好，真够味。"这句话从他牙缝里挤了出来，"我感觉船开得有些慢了，你们说呢？我得马上出去瞧瞧测程仪

---

① 大浅滩（Grand Banks）在纽芬兰的东南面，是世界著名的渔场。

上的速度了。"

"如果我是你，我也会去看看的。"德国人说。

哈维晃晃悠悠地走过湿淋淋的甲板，来到四周的栏杆边上。他身体很不舒服，不过，在他看到正在将椅子捆在一块儿的甲板服务员时，却被自尊心促使着走向了船尾部的二等舱——因为他在那个人面前说过大话，说自己从来不晕船——那儿的尽头是二等舱的甲板。甲板上一个人也没有，他走到尾部的旗杆周围，弯下腰，浑身一点劲儿也没有，十分痛苦，在飞轮牌劣质雪茄、海上的波涛汹涌以及螺旋桨嘎吱作响的共同作用下，他完全泄了气，脑袋发胀，眼冒金星，身体轻飘飘的，根本无法在海风中站稳脚跟。由于晕船，他原本就已昏昏沉沉，轮船一个摇晃，他身子一倒，竟然翻过了栏杆，跌在了光滑的鲸背甲板边缘。此时又有一个低低的灰色大浪从迷雾中袭来，大浪像是伸出了两条手臂，把哈维一下子卷到了下面。也就是说，他被卷下了船，成片绿色的海水将他淹没，因此他毫无声息地昏迷了过去。

他被一阵开饭的号角声惊醒。以前有一次，在阿迪朗达克参加暑期学校，总能听到这种号角声。他慢慢回忆起自己被卷入大海，不过由于身体过于虚弱，他还不能把发生的事情全都记起来。他闻到一种新气味，背上感觉到一股湿冷的寒气，最难受的是，他整个身体都被盐水浸透了。他睁开双眼，发现自己好像还躺在海上，因为周围仍然是翻腾的海浪，好像一座座银色的小丘。不过，事实上，他躺在一堆奄奄一息的鱼上，而且有一个宽肩膀、身穿蓝色运动服的人正背对着他。

"想多了也没益处啦。我要是死了，真的死了，也完全怪我自己。"男孩想。

他呻吟一声，那个人转过头来，一对小小的金耳环隐约从他卷曲的黑发中露出来。

"你现在觉得舒服些了吗？"那人说，"你就像这样躺着吧，我们把船开得更平稳一点。"

他猛地用劲，使摇晃不定的船头冲到没有水花的浪峰尖上，那浪峰明显把船推起近二十英尺，之后又把船滑入低谷。但这样冲击浪峰并不耽误穿蓝色运动服的人继续说话："我说，干得很好吧，我赶上了你。""嘿，什么？""我是说，我没撞上你，就知道我干得有多么棒啦。你是怎么掉出来的？"

"我晕船了。"哈维说，"头一晕，就不知道如何掉下了船。"

"刚好我在吹号，你的船有点偏离航向。那时候我看到你是整个儿掉了出来。啊，我原来认为你会被螺旋桨撕碎成鱼饵，哪知道你随波漂啊漂到了我这里，我就把你当成一条大鱼打捞上来了，因此你没有死。"

"我在船上？"哈维说。他不认为自己躺在一个非常安全的地方。

"你现在躺在我的平底船上。我叫曼纽尔，我的船是从'四海为家'双桅船上下来的，那条船是格罗萨斯脱的，我就住在格罗萨斯脱。很快我们就可以吃晚饭啦，啊，什……么？"

他的脑袋和两只手如铁一般，把一只大海螺吹响还觉得没过足瘾，坚持要站着继续吹。他的身体随着平底船一起摇晃，螺号声在浓雾中回荡，尖锐得让人难以忍受。哈维不清楚他的这种"自娱自乐"持续了多长时间，因为他正胆战心惊地躺在那儿，凝视着雾气翻腾、惊涛骇浪的景象。他好像听到了枪声、号角声还有呼喊声。一个比平底船大的、特别轻快的东西，隐约显现在旁边。几个不同的谈话声很快传了过来，他掉入一个起伏的黑洞，一位穿着油布雨衣的人给了他一杯热饮料，还帮他脱下了衣服，他很快就倒头睡着了。

他醒来时第一次听到船上开早饭的铃声，心里很好奇，不知道自己的特等舱为何变得这么窄小。转身一看，才意识到这是一个三角形的小间，好像一个洞穴，在粗大的房梁上挂着一盏灯照亮房间，有一张触手可及的三角形桌子从船头滑到了前桅，在他后面有一个保养得非常好的普利茅斯火炉。旁边坐着一个与自己岁数相当的男孩，长着一张红色的扁平脸和一双闪亮的灰色眼睛，身穿一件蓝色运动服，脚蹬一双高筒胶靴。地上放着几双相同的靴子、一顶旧帽子和几双破羊毛袜，此外还有一些黑色和黄色的油布雨衣挂在睡铺旁边，来回摆动。那地方充斥着一种大包棉花扩散出来的气味。那油布雨衣更是散发出一种独特的气味，非常浓重，让人联想起煎鱼、油漆、照明油脂、胡椒和发霉烟草的味道。而所有这些气味又被一种始终笼罩在船舱里的咸水味混在一起。哈维厌恶地瞅了瞅自己那张没有铺被单的床，他正躺在一张脏兮兮、皱巴巴的褥子上。之后他还察觉到，这条船行驶起来也和轮船不同，不滑行也不颠簸，却不知道为何好像是在浑身扭动，如同一匹小马被缰绳绑住似的。海水的轰鸣声在耳边响个不停，周边的横梁也在嘎吱作响，就像是在哀诉一般。所有的一切都让他叽叽咕咕地表示不满，此时他想起了母亲。

"感觉好点了吗？"那个男孩咧开嘴笑了一下，"来点咖啡？"男孩用洋铁杯子盛了满满一整杯咖啡，加了些蜜。

"没有牛奶吗？"哈维问。他瞅着黑暗的双人床铺，仿佛能从那里找到一头奶牛似的。

"喔，没有，估计要到九月份才会有。"那男孩说，"这咖啡很好，是我煮的。"

哈维静静地喝着，那男孩递给他一盘香脆可口的煎猪肉，哈维狼吞虎咽地吃光了。

"我把你的衣服烤干了。看上去感觉有点缩水。这些衣服和我们的款式不同，没有一件一样的。"那男孩说，"你把身子转过去，我看看有没有受伤。"

哈维把身子伸展开，找不到有什么受伤的地方。

男孩很热心地说："那好，你把衣服穿好就到甲板上去吧，我爸想见你。我是他的儿子，我叫丹，他们都这么称呼我。我是一名厨师的助手，还在船上干一些水手们都嫌脏的杂活。船上除我之外没有别的男孩，之前还有一个奥托，不过他从船上掉下去了，他是船上唯一一位荷兰人，掉下去时才不过二十岁。你是如何在风平浪静中掉下水去的？"

"谁告诉你是风平浪静的？"哈维把脸一板，"当时刮着大风，我又晕船，肯定是被浪头从栏杆里卷出去的。"

"昨天从早到晚只有一些很普通的小浪，不过在你看来当然是大风浪了……"男孩吹了声口哨，继续道，"以后你在船上待得时间长了，就会懂得更多了。快！我爸正等着呢。"

和其他许多不幸的年轻人相同，从小到大还从来没有人对哈维发号施令——从来没有，至少不久之前是这样。要他做一些事，总是要泪眼汪汪地向他重复说明遵从的益处、要他照着做的原因。在生活中，切尼夫人总是担心儿子的精神会崩溃，这种恐惧心理也许就是让她走在神经衰弱边缘的原因。他找不到让自己急忙遵从别人要求的理由，想到这里便说："既然你爸这么急着要和我谈话，他自己完全可以到这来嘛。我要他马上带我到纽约去，他会得到酬谢的。"

丹清楚这个笑话的分量和妙处，把眼睛瞪得大大的。

"嘿，爸！"他向着前甲板舱口大声叫道，"他说你如果着急，可以亲自下来看他。你听见了吗，爸？"

"别傻啦，丹，叫他亲自来见我。"回话的人用胸部发音，竟有如此深沉的声音，哈维从小到大都没有听到过。

丹笑了，他把哈维那双变了形的自行车运动鞋扔了过去。甲板上传来的说话声语调中带着某种东西，让哈维压住了满腔怒火，他安慰自己说："只是希望船掉头送自己回家，在路上会把自己的所有经历和父亲的财富全部讲明。"他想，这次死里逃生一定能使他在朋友中成为一个终生英雄。他从垂直的梯子攀登到甲板上，之后跌跌撞撞地向船尾走去，一路上许多东西差点把他绊倒。一个矮墩墩的汉子坐在通向后甲板的踏级上，他把胡子全刮光了，长着两撇灰色的眉毛。此时，夜里翻腾的波浪已经平静，余下一片向远处延伸的平静海面，地平线上的十几条渔船显出点点帆影。它们中间还有一些小黑点，说明有些平底船已经下海捕鱼了。双桅船的主桅上挂着三角形的停泊帆，轻松地飘动着，舱顶周围除了那个汉子再没有别人。

"早上——应该说下午好。你一觉醒来，时钟差不多转了一圈，年轻人。"汉子招呼他道。

"早。"哈维说。他不喜欢那人叫他年轻人，另外，作为一名溺水被救活的人，他还渴望能听见一些安慰的话。平常他的脚一沾湿，妈妈就非常难受，但那个水手看起来却完全无动于衷。

"现在让我听听整个事情的经过，说起来事情的前后也还真是凑巧。告诉我你叫什么名字，从哪儿来（我们不大相信你从纽约来），准备到哪儿去（我们也不大相信你要到欧洲去）？"

哈维报上了自己的名字和轮船的名字，还大概讲了讲事情的经过，最后他要求立即将他带回纽约，并说到了那里，他的父亲定会酬谢，要什么就给什么。

剃光胡子的汉子对哈维最后说的那几句话无动于衷，只说："嗯，我不能说我们会照顾任何人的特别情况，更不用说去考虑一个孩子。风平浪静中，他却从班轮上跌了下来，而且唯一的托词是当时晕了船。"

"托词！"哈维叫了起来，"难道你认为我从轮船上跌下来，掉进你这条脏兮兮的小船里只是寻开心吗？"

"我不知道你开玩笑的目的是什么，这我不好说。可是，年轻人，假如我是你，是不会这样形容这条船的——毕竟依照天意救起你的，刚好是这条船。这样骂它原本就是大不敬，而且我在感情上也无法接受。我是格罗萨斯脱'四海为家'号的狄斯柯·屈劳帕，你似乎还不大了解这条船。"

"我是不了解，也不想了解。"哈维说，"当然，我对于被救和其他一切还是非常感激的！但是我要你清楚，越快把我送回纽约，你的报酬就越高。"

"你究竟是什么意思？"屈劳帕那双蓬松的粗眉毛竖了起来，他温和的蓝眼睛里闪烁出怀疑的光芒。

"给你很多很多的美金。"哈维说，他很兴奋自己的话终于在那个人身上起了作用，"百分之百全是美金。"他将一只手插进口袋，同时挺起了肚子，一副得意姿态，"你把我从水中救起来，绝对是你有生以来做过的最大的一件好事，我是切尼的独生子。"

"这么说，人人都很恭维他？"屈劳帕干巴巴地说。

"如果你连切尼都不知道，就根本算不上是见多识广，这事就这么简单。现在掉转船头，赶快送我回去。"

在哈维心里，大多数美国人都在讨论并羡慕他父亲的财富。

"我或许答应，或许不答应。年轻人，把你的肚子缩回去，里边装的可全是我给的食物。"

哈维听到丹笑了一声，他正装出在前桅工作的样子。这一笑声令哈维满脸通红，他说："我以后也会为这个买单的。你预计多久能到达纽约？"

"我不去什么纽约，也不去波士顿。估计九月我们可以见到东岬角，那个时候你爸爸可能会被你说服给我十美金。对我没有听说过他名字一事感到非常抱歉，当然，那个时候他也可能一分钱都不给。"

"十美金！哎呀，你看这个，我……"哈维把手伸进口袋想拿出那卷钞票，可没想到掏出来的竟然是那包在水里泡过的香烟。

"那可不是什么合法的流通货币，对肺也百害而无一益。年轻人，把它扔出船去，再找找看还有没有什么东西。"

"被人偷了！"哈维气呼呼地叫道。

"如此说来，得等到你父亲来酬谢我啦？"

"一百三十四美元全被偷了。"哈维说着还在所有的口袋里疯狂地寻找，并嘟囔着"还我钱"。

一瞬间，屈劳帕冷冷的脸发生了奇怪的变化："你这个年龄，身边带一百三十四美元干什么，年轻人？"

"那是我零用钱的一部分，只够用一个月。"哈维认为这么讲定能把那人吓一大跳，事实上的确如此，但不是直接的。

"啊！一百三十四美元还不过是他零用钱的一部分，还只够用一个月！你跌下来记不清撞在什么东西上了，对吗？我认为肯定是撞到柱子上了。'东风号'的老家伙赫斯根。"屈劳帕像是在自言自语，"他被绊倒在舱盖上，头撞到了坚硬的主桅杆。大约三个星期之后，老家伙固执地说东风号是一艘破坏商业航线的战舰，宣布要向塞布尔岛开战，因为那个岛是英属国，与鱼群离得又远。他被他们缝在一个睡袋里，只允许头脚露出来，在旅途中一直不放他出来。此时他在埃塞克斯家里玩小布娃娃。"

哈维被气得差点闭了气，没想到屈劳帕接着安慰道："我们真为你可惜，非常可惜，你还这么年轻。我认为我们就不要再提钱的事啦。"

"你当然不想提，是你偷走了它。"

"任你怎么说，要是这么说会让你觉得好过一些，就这样说吧。关于你回纽约的事，即使我们能做到，也不能这么做。此刻你这种状况并不适宜回家，而且我们刚到纽芬兰大浅滩，还得为了生计劳动呢。我们一个月连五十美元都看不到，更不用说一百三十四美元啦。如果运气好，我们九月的第一个星期可以在一个新地方靠岸。"

"但是现在才五月，不能因为你们要捕鱼，我就待在这里什么事都做不了。我不能！给你讲清楚！"

"对，完全正确。谁说你什么事都不用做，有很多事情需要你做。奥托在里·哈佛尔掉下了水，我们在那儿遇见了一场大风，我估计他没抓住就掉了下去，反正他也不会回来把这件事讲明白。所以，你被卷上来真是太巧了。但我认为有些事情你还是能做的。对吗？"

"一到岸，我会让你和你们一帮人没有好日子过！"哈维恶狠狠地点着头，吐词不清地恐吓说他们这是"海盗行为"，屈劳帕只是一笑置之。

　　"只顾说话，我竟忘了一件事。你要记清楚，你在'四海为家'上，除了这点不会有人允许你多说别的。把你的眼睛睁开，帮丹干活，依照他的吩咐去做。这样的话，我一个月付你十块半美元的工钱，也就是说，等到这次航行结束，你可以得到三十五美元。不管你是否有资格领取这份工钱，做点事情对你的脑袋总是有好处的，放轻松些，以后你可以尽情地对我们讲你爸妈和你是多么有钱。"

　　"她在那艘轮船上，赶紧送我回纽约吧。"哈维说着，眼睛里涌满了泪水。

　　"可怜的女人，可怜的女人！不过她将来看到你回去，会忘掉所有的。我们'四海为家'有八个人，如果我们现在回去，你知道的，共有一千多英里路，这个旺季就白费了。就算我同意，水手们也不会同意的。"

　　"我父亲会把一切都安排好的。"

　　"他肯定会，我并不怀疑他会想方设法地安排。"屈劳帕说，"可是，整个旺季的收益是要维持八个人的生计的。况且等秋天去见他，你的身体也好啦。你去帮助丹吧，我已经说过了，那样你一个月会有十块半美元的收入。而且你跟我们大家一样，住宿伙食费全免。"

"你的意思是要我洗碗刷锅吗？"哈维问。

"还要做一些其他的事。你没必要这么叽里呱啦地讲话嘛，年轻人。"

"我不做！我父亲会给你充足的钱买下这条脏兮兮的小船。"哈维在甲板上直跺脚，"我跟你说过十几遍啦，只要你把我安全送回纽约！另外，不管怎样，我的一百三十美元已经在你那儿了。"

"那又如何？"屈劳帕冷冷的脸又阴沉了下来。

"那又如何？你很清楚，结果就是你还是要我干仆人的活。"哈维对自己使用"仆人的"这个词来形容很得意，"还要一直干到秋季！告诉你，我不做，听见了吗？"

屈劳帕饶有兴趣地对着主桅顶上端详了好一阵儿，哈维一直在他身边慷慨激昂地说着。

"唉，我认为良心上已经尽了义务，尽管这件事很难判断。"他最后说了一句。

"不要再去难为我爸啦。"丹悄悄上来拽了拽哈维的胳膊,乞求道, "你已经骂了他两三次是贼啦,可从来没人这样骂过他。"

"我不管!"哈维像是在大声尖叫,把规劝当成耳旁风。然而屈劳帕还在一旁深思。

"看起来你的态度不太友好。"他说着,将目光转移到了哈维身上, "我并不怪你,一点也不,年轻人,假如没有依照你的想法做,你想发脾气也别对着我。你肯定明白我在讲些什么吧?十块半美元在双桅船上做一个帮手,食宿全免费。这是让你学点知识,让你身体健康。干还是不干?"

"不干!送我回纽约去,否则我和你没完……"哈维说。

之后发生的事情他记不清了。他在甲板的排水孔里躺着,把出血的鼻子捏住,屈劳帕向下安详地看着他,随后转向儿子道:

"丹,因为忙于判断,刚看到这个年轻人时,我的脑袋糊涂了。以后你不要太着急判断,以免误入歧途。丹,我此刻很替他难过，他的头脑明显出了毛病。他给我提起的所有名字，都不正确；他说的那些话，也不正确，包括掉下船落水的话，我差点相信了他。你要温和地对待他，我给你两倍的钱。把沾在他头上的鼻血擦洗干净，好好冲洗冲洗！"

屈劳帕表情沉重地走进船舱，他和很多年纪大一些的水手就睡在那里。他把丹留下，去安慰那个有三千万美元身价的落水继承人。

第二章

　　密密麻麻的雨点落在黑乎乎、油腻腻的甲板上。"我劝过你，我爸这些天脾气算好的，但你偏要自找苦吃。唉！你再不依不饶也是没用的。"丹说。哈维欲哭无泪，两肩一上一下地抽搐着。"这滋味我经历过。我爸第一次把我打趴下就是我第一次出海的时候。那种孤单到让人很不舒服的感觉，我很清楚。"

　　"对啊，他如果不是疯了，就是喝醉了，况且——况且我什么活儿也干不了啊。"哈维哼哼道。

"可千万不要对我爸说这个,他从来不沾一滴酒,而且,他跟我说你是个疯子。亏你想得到,竟然管他叫贼?他可是我爸啊。"丹小声说。

哈维坐了起来,抹着鼻子把丢钱夹的前因后果讲了一遍。"我没疯!"把故事讲完之后他接着说,"不过,你爸每一次见到的钱都超不过五美元,但我父亲每周都能买一条这样的船,不停地买。"

"你还不清楚'四海为家'值多少钱吧。你爸肯定有很多很多的钱,可这钱是怎么来的呢?我爸告诉过我,疯子是无法自圆其说的,你继续说下去吧。"

"开金矿,还有别的产业,在西部。"

"我在书上看到过这种生意。也是在西部吧?他是不是骑着马挎着枪绕着圈儿跑,像是耍马戏一样?大家称那儿为西大荒,听说他们的马刺和马嚼子都是纯银的。"

"你太土了!我父亲根本不骑马。他如果想上路,就会坐自己的车。"哈维禁不住乐了。

"什么样的?是那种大龙虾火车吗?"

"不，当然是他自己的专车了。你从小到大有没有见过专车呀？"

　　"斯拉丁·比曼有一辆。"丹犹犹豫豫地说，"我在波士顿联邦车站见过，有三个黑人在擦窗。大家都说长岛的铁道差不多全都是斯拉丁·比曼的。大家还说他差不多买了一半新罕布什尔州，用篱笆围起来，里头放满了狮子、老虎、狗熊、野牛、鳄鱼……总之什么都有。斯拉丁·比曼，百万富翁。我见过他的车。如何？"

　　"是的，不过别人都说我的父亲是千万富翁。他有两列专车：一列是以我的名字来命名，叫'哈维号'；另一列以我母亲的名字命名，叫'康斯坦斯号'。"

　　"等等，父亲从来不允许我发誓赌咒，但我觉得你可以。我想让你发完誓再接着说。你发誓说：'说谎话不得好死'。"丹说。

　　"当然。"哈维说。

　　"这么说不行，你得说：'我如果不说实话就不得好死。'"

　　"如果我说的有一字半句是谎话，立即就死。"哈维说。

"这么说，一百三十四美元，还有别的事全是真的？我听到你对我爸讲过。当时你同约拿一样，被逼得没路可走了。"丹说。

　　哈维涨红着脸为自己辩解。丹是个聪明干练、有思想的年轻人，经过十分钟的盘问，他相信哈维没有撒谎，讲的话没有多大出入。况且，哈维被孩子心中最可怕的誓言约束着，但仍然好好的，鼻子又尖又红，坐在排水孔里大讲特讲一桩桩令人匪夷所思的事情。

　　"天啊！"当哈维把以他命名的专车上的物品清单列完，丹不得不佩服地发出一声叹息。此时，一丝顽皮的笑在他的宽脸庞上荡漾开来。"哈维，我相信你。我爸这辈子也做了一回错事。"

　　"他当然错了。"哈维说这话时也在思索着早日报仇雪恨。

　　"我爸肯定要气疯了，他最恨自个儿犯错了。"丹仰面躺着，拍了拍大腿，继续说，"哎，你千万不要把这些话告诉他。"

　　"我可不想再被打倒，但是，我需要把他摆平。"

"从来没听说过有人能把我爸给摆平的，没准他还会再把你打趴下。他错得越厉害，就打得越狠。但是，金矿和手枪的事……"

"手枪的事我可没说过一个字。"哈维打断了丹的话，因为他发过誓。

"是的，你没说别的。两辆专车，还有，一辆以你的名字命名，一辆以你母亲的名字命名。一个月有两百美元的零花钱，宁愿被打到排水孔里，也不干一个月拿十块半美元的工作！这真是这个渔季的第一份。"他笑了，但没有笑出声。

"如此说来，我是对的，是不是？"哈维以为自己找到了一个同情者。

"你错了，错上加错！你应该老老实实地和我一块儿干活，否则你就要倒霉了，我帮你说话也得跟着倒霉。因为我是他儿子，他才总是多帮我一把，他最讨厌那些被人宠着的家伙。你可能有些恨我爸，有时我也是。但我爸是个公正的人，全船队的人都这么说。"

"这也算公正，是吗？"哈维指着自己惨遭毒打的鼻子问。

"这不算什么事，只流了一点儿血，我爸可是为了你的身体好。话说回来，如果有人把我、我爸，或者'四海为家'号上的任何一个人当成贼，我都咽不下这口气。不管怎么说，我们也不是一群码头混混儿。我们是渔夫，一起结伙上船六年多了。你不要往歪里想！我对你说过，我爸不让我赌咒发誓。他说赌咒发誓全是张口说瞎话，为此还要打我。只要我相信你爸家大业大，我就相信你有如此多的钱，不过，我为你烤衣服的时候可没看到衣兜里有东西。但是我敢发誓，准确无误地用你刚才发的誓，不管是我还是我爸——你上大船之后，只有我们俩碰过你——谁都不知道那些钱的事。我讲完了，你清楚了吗？"

付出了血的代价，哈维的脑袋终于清醒了，在大海上的孤独感或许也起了一点作用。他脑袋耷拉着心烦意乱地说："好吧，丹，看来，像我这样刚从水里被捞起来的，要说的恭维话还没完呢。"

"唉，你这是沉不住气干了傻事。万幸的是，除了厨子，这船上只有我爸和我知道这事。"丹说。

"钱夹丢了的事情我也应该这样想，不应该把在现场的人全都当成小偷。你爸在哪儿？"哈维低声问道。

"在舱房里，你找他干吗？"

"你会知道的。"哈维说。他脑中还在嗡嗡响，头重脚轻地迈向舱房的台阶，这条小船的钟就挂在那里，离舵轮很近。在黑黄两色的舱房里，屈劳帕正忙着写日志，偶尔使劲咬着手里那支很大的黑铅笔。

"我刚刚的行为的确不大稳妥。"哈维说着，很奇怪自己竟然可以如此低声下气。

"又怎么啦？跟丹闹矛盾了，是不是？"屈劳帕问。

"不，是找你有事。"

"我正听着呢。"

"这个，我……我是来收回刚才的话的。"哈维飞快地说道，"一个落水被救上来的人……"他哽咽了。

"啊？如果这样，你还可以成为一条汉子。"

"……我不应该开口骂人。"

"说得对，说得对。"屈劳帕脸上浮起一丝干巴巴的笑意。

"所以，我在这儿说声'对不起'。"哈维哽咽得更厉害了。

屈劳帕从他坐的小柜子上慢慢欠身起来，伸出一只尺子长的大手。"我不认为你那样会有什么益处，看来，我想的是对的。"一阵嗦嗦的窃笑声从甲板传到他的耳边。"我可不会轻易犯错。"那只尺把长的大手抓住了哈维的手，使哈维一直麻到胳膊肘。"小伙子，咱们也是不打不相识，之前的事对我没什么妨碍，也不都怪你。赶快干活儿去吧，这没什么害处。"

"你做得对。"哈维回到甲板上，丹对他说。

"不一定吧。"哈维说话时脸一直红到了耳根。

"我不是那个意思。我听见爸爸说的话了，他说没什么妨碍，就说明他自己退让了。他也厌恶别人误会他。他一旦拿定主意，就算你死缠烂打，他也不会改正。这事儿结果很好，我也很高兴。我爸说得对，他不能送你回去，我们的生活全靠在这儿打渔。再过半个小时，那些船员就会如同一群鲨鱼追赶一头死鲸一样，全都回来了。"

"回来干吗？"哈维问。

"当然是吃晚饭啦。你的肚子还没咕咕叫吗？你要学的事还很多呢。"

"我想是的……"哈维悲切地望着头顶上杂乱无章的绳索和绞车说。

丹误会了哈维的眼神，热情高涨地说："这船是最好的，咱们扬起主帆，装满一船盐渍海货回家的时候，你就看着吧。但，先得干点儿活儿。"他指着下面两个桅之间黑洞洞敞开的舱门。

"那是做什么用的？全都空着。"哈维问。

"那是装鱼的地方，你、我，再加上几个人得装满它。"丹说。

"装活鱼？"哈维问。

"啊，不是活的。鱼被捞上来的时候差不多就死了，要剖开撒盐。每个舱里共有一百桶盐，这个时候，鱼连船底板都还没盖住呢。"

"鱼在哪儿呢？"

"人家说在海里，咱们得到船上。"丹用了一句渔民的老话，"昨天夜里，你就是和四十几条鱼一块儿被打捞上来的。"

他指着后甲板前缘一个像木栅栏似的东西，继续说道："活干完了，咱俩得把它刷洗干净。今天晚上要堆满一整个围栏！我见过等着清理的鱼把脚面全埋住了，我们站在台子旁边工作，干到最后，好像剖的不是鱼，而是我们自己，简直要困死了。哎，他们回来了。"丹趴在矮矮的船舷上，看着五六只平底船从平滑光亮的海面上驶来。

"我从来没以这么矮的角度看过海，真好。"哈维说。

斜阳把海水映成了紫色和粉红色，金色的阳光把一排排大桶和桶中青绿相间的鲭鱼给罩住了。视线里，一艘艘双桅船像是扯着一条隐形线，把自己的平底船拉向身边，小船里豆大的黑影如同上了发条的玩具。

"他们干得太好了，曼纽尔的船甚至没有地方再多装一条鱼。船被压得就像是静水里的睡莲叶子，对吗？"丹眯着眼睛说。

"哪一个是曼纽尔？我不知道你是如何把他们区分开的？"

"是南边最远的那条，昨晚就是他把你救起来的。"

丹用手指着说，"曼纽尔划的是'葡萄牙人'，不会错的，他是个驾船行家。他东边是'宾夕法尼亚'，看他划船的姿态，就像船上装着白面似的。再向东——看那一串船排得多棒——有点儿驼背的是高个子杰克。他是戈尔维人，住在南波士顿。戈尔维人差不多都住那儿，男人们百分之九十都是船把式。往北一点儿是汤姆·普拉特，一会儿你就能听见他的大嗓门了。他在老'俄亥俄'号上当过兵，还说那是我们第一艘绕过合恩角的兵舰。除了唱歌，他几乎不怎么说话，但是，他捕鱼时的运气特好。听！我说什么来着？"

北面平底船上洪亮动听的歌声掠过海面飘然而至。哈维听到歌中唱到什么人的手脚发凉，紧接着是：

手捧海图好心伤，

天涯不知在何方！

层层云彩压过头顶，

团团雾气在脚下围绕。

"满船。他如果再唱'哦，船长'，那就是冒尖了。"
丹笑呵呵地说。

嘹亮的歌声接着唱道：

哦，船长，为了你，

我诚心祷告上天，

千万别葬进修道院，

也别把我埋到教堂。

"这就是汤姆·普拉特的专长！今晚他就会把老'俄亥俄'号上的事全都讲给你。看到他后边那条蓝色的平底船了吗？那是我叔叔，我爸的亲兄弟。如果大浅滩有什么霉运，肯定会被萨尔特斯叔叔遇上的。看他划得有气无力，我以工钱打赌：今天只有他挨蜇了，还被蜇得很重。"

"什么东西蜇他？"哈维感兴趣地问。

"很可能是'草莓'。有时候是'南瓜''柠檬'，或者'黄瓜'①。对了,他胳膊肘以下的地方全被蜇了,运气简直差极了。现在我们抓住绞车,把他们吊上来。你之前说从小到大都没干过力气活,是真的吗?你肯定有点儿发怵,对吗?"

"总要尝试着做做。"哈维决然地说,"只是实在是太陌生了。"

"那就把住绞车。你背后的那个!"

哈维抓住了挂在一根主桅支架上的绳索和长吊钩,丹从被他称为"顶吊"的东西上把另一个吊钩拽下来。此时,曼纽尔满载的平底船已经靠近了。灿烂的笑容在这个葡萄牙人脸上绽开来,之后哈维总是看到他这样笑。曼纽尔手持一把短柄叉,将鱼扔进甲板上的围栏里,并一边大声喊着:"二百三十一条!"

丹说:"把钩子给他。"哈维把吊钩送到曼纽尔手里。曼纽尔把吊钩穿过平底船头的一个绳套,然后抓住丹的吊钩并钩住船尾的绳套,最后爬上了双桅帆船。

"拉!"丹大喊一声,哈维拉动绳索,吃惊地看着平

---

① 上述这些指的都是海里各式各样的水草。

底船被轻而易举地吊了起来。

"绷紧，船还没在横梁上靠牢！"丹笑着说。哈维把绳索绷紧，平底船悬在他头顶正上方的半空中。

"低头闪开！"丹喊道。哈维把头一低，丹用一只手推着小船，在主桅的正后方顺利就位了。"空船也不是一点儿分量都没有，一个坐船的人干成这样就算漂亮了，水路上的技巧还多着哩。"

"啊哈！"曼纽尔把褐色的手掌伸了出来。"现在好多了？昨天晚上你被他们当鱼捞上来，现在你这条'鱼'也能捞鱼了。嗯，什……什么？"

"我……我真是万分感激。"哈维吞吞吐吐地说。他那只倒霉的手已经溜进了衣服口袋，才想到没钱付给他。和曼纽尔熟悉以后，只要一想到当时差点铸成大错，哈维就算是躺在床上还是会觉得全身发躁、面红耳赤。

"不用太感谢我！"曼纽尔说，"我能把你丢下，任由你在大浅滩上漂来漂去吗？现在你成了渔民了，嗯，什……什么？喔！嚯！"他挺直上半身，想摆脱身上的绳结。

"我今天还没清洗平底船呢，实在是太忙了。鱼也太容易上钩了。丹，好孩子，帮我洗洗船吧。"

哈维马上走上前去，他终于可以为救命恩人做点事了。

丹扔给他一把刷子，哈维弯着腰趴在平底船上，笨手笨脚、真心实意地刷着污泥。"将踏脚板掀起来，泥都漏到缝里去了，刷完了再放好。不能卡住一块踏脚板，说不定哪天有急用。高个子杰克来了。"丹说。

闪闪发亮的鱼儿从一只平底船的舷边哗啦啦地被倒进了围栏。

"曼纽尔，你来固定住绞车，我去装台子。哈维，你帮曼纽尔洗船。高个子杰克自己会把船吊到顶上去。"

哈维正在刷船，抬头一看，另一只平底船正悬在头顶。

"是不是很像印第安魔盒？"丹说这话时，一只平底船与另一只撺在了一起。

"就如同赶鸭子下水一样催我们。"灰白下巴、厚嘴唇的高个子戈尔维人杰克一边说着一边前仰后合，和曼纽尔完全一样。船舱里的狄斯柯·屈劳帕对着舱口大喊着，大家都能听见他嘬铅笔的声音。

"一百四十九条半，你这个倒霉鬼，大块头！"高个子杰克说，"要是你的腰包被填满，我得把自己杀了。丢人现眼，那葡萄牙人压了我一头。"

又一只平底船撞到舷边，更多的鱼被扔进了围栏。

"二百零三条。让我瞧瞧这位蹭船的！"讲话的人比戈尔维人还要强壮，他长相古怪，一条紫色伤疤从左眼一直斜挂到右嘴角。

哈维不知道还需要做些什么，所以每来一只平底船他就刷洗一只，把踏脚板掀起来，然后再一块块地铺到船底上。

"他学得很好。"这个有伤疤的汉子就是汤姆·普拉特，他眼神犀利地瞅着哈维，"不管干什么事都有两种办法：一种方法是捕鱼的做法——有绳头就打结，一个结也打不牢靠；另一种方法就是……"

"就是我们在老'俄亥俄'号上的做法！"丹截断他的话，手里拿着一根带腿的长条板子横冲直撞过来，"闪开，汤姆·普拉特，让我把台子支起来。"

他把板子的一端插进船舷的两个槽里，使出台子腿，接着一弯腰，恰巧躲开了那位老兵的一记摆拳。

"他们在'俄亥俄'号上也这么干，知道吗，丹？"汤姆·普拉特笑着说。

"他们肯定是斜眼，否则为什么打不着呢？如果谁来烦我们，就让他上主桅顶去找他的靴子。向前拉，没看到我正忙吗？"

"丹，你能躺在锚链上睡一整天。你这小浑蛋，不到一周，你肯定要把咱们这位押船的带坏了，这我信。"高个子杰克说。

"他叫哈维，很快，就能独自抵上南波士顿的五个淘金汉子了。"他手里挥舞着两把奇形怪状的刀，然后潇洒地把刀子摆在台子上，并歪着头欣赏效果。

"我看是四十二条。"船边有一个细细的声音说。接着传来一阵大笑声，另一个声音答道："倒是我走运了，不要看我给蜇了个遍，我却有四十五条哩。"

"要么四十二条，要么四十五条。我没数清楚。"细嗓子说。

"那是宾和萨尔特斯叔叔在数鱼，这儿每天比马戏团还热闹呢。"丹说，"看他们的吧！"

"进来，进来！"高个子杰克嚷道，"小子们，外面湿漉漉的。"

"你刚说的是四十二条。"这是萨尔特斯叔叔的声音。

"那我就重新查一遍。"一个忠厚的声音说。

两条平底船摇摇晃晃，同时撞上了双桅帆船的舷边，一时间水花四溅。

"真让人难以忍受！"萨尔特斯叔叔怒气冲天道，"你这样的乡下人加入船队也想赢我。你都快被我玩儿死了。"

"对不起，萨尔特斯先生。我出海是为了医治神经性消化不良。我记得，这样做还是听从了你的劝告。"

"你和你的那个什么神经性消化不良最好全淹死在鲸鱼窝子里面！"水桶似的矮胖子萨尔特斯叔叔吼道，"又来气我！你说，到底是四十二条还是四十五条？"

"我忘了，萨尔特斯先生。咱们数数吧。"

"我看着就是四十五条，我数过，就是四十五条！"萨尔特斯叔叔说。

"你只管数，宾。"狄斯柯·屈劳帕从舱里走出来对宾说，随后转向萨尔特斯，以命令的口吻说，"萨尔特斯，赶快把鱼扔进来！"

"不要把他们的嘴堵住呀，爸，我们还在后头看他俩的好戏呢。"丹嘟囔道。

"圣母啊！他竟然一条一条地叉鱼。"看到萨尔特斯费劲地叉鱼，高个子杰克大惊小怪地嚷道。与此同时，一个小个子正在数另一只平底船船沿上的刻痕。

"这是上周的鱼数。"他可怜兮兮地望着天，食指还指着刚才已经数完的地方。

曼纽尔用胳膊肘捅了捅丹，丹冲到后绞车前面，身子探出船舷，把吊钩穿进平底船船尾的绳套，这时曼纽尔也很快钩住了船头。其他人麻利地拉动绳索，将平底船连人带鱼全都吊了进来。

"一，二，三……九……四十七条。"汤姆·普拉特用老练的眼力数着，"宾，你赢了！"丹把后绞车脱钩，鱼从平底船尾被倾倒在大船甲板上。

"慢点！"萨尔特斯叔叔扭着腰喊道，"慢点！我数不清了。"

他还没抗议完，就被拉到了大船上，受到了和"宾夕法尼亚人"相同的待遇。

"四十一条，萨尔特斯，你输给一个乡下人啦。像你这样的人，还是水手呢！"汤姆·普拉特说。

"数得不公平！"他边说边跟跟跄跄地从围栏里爬了出来，"而且，我都快被蜇烂了。"

他那厚实的手掌肿了起来，一块紫一块白。

丹对着缓缓升起的月亮说："我看，如果有的人一定要扎猛子找'草莓根'，那肯定能找到。"

"可别人呢，待在干地上，吃香的喝辣的，还要耍笑亲骨肉。"萨尔特斯叔叔说。

"吃饭啦！吃饭啦！"一个哈维没听过的声音从前甲板传来。狄斯柯·屈劳帕、汤姆·普拉特、高个子杰克和萨尔特斯闻声走了过去。小个子宾还正弯着腰整理他的深海钓竿绕线轮和千丝万缕的钓线。曼纽尔仰面朝天躺在甲板上，丹下了船舱，哈维听见他正用锤子敲木桶的"咚咚"声。

丹回来后说："敲的是盐桶。晚饭过后，咱们很快就要开始干活了。你把鱼扔给我爸，汤姆·普拉特和我爸一起装舱，到时你就能听见他们打嘴仗了。我们是第二轮，有你、我、曼纽尔和宾，都是船上既年轻又英俊的。"

"'既年轻又英俊'有什么益处？"哈维问，"我都饿了。"

"他们很快就吃完了。嗯！今天晚饭特别香。我爸一和他弟弟起争执，就让厨子做好吃的。今天干得很好吧？"他指着围栏里堆得高高的鳕鱼说，"曼纽尔，你钓鱼的地方水有多深呀？"

"二十五英寻，一英寻等于1.8288米。"葡萄牙人睡眼惺忪地说，"鱼又好，又容易上钩。哈维，改天我带你去瞧瞧。"

月亮正从平静的海面跃出，年长的船员吃完饭回来了，厨子用不着喊"第二轮"了。丹和曼纽尔在桌子旁边坐时，最后一个也是动作最慢的年长船员汤姆·普拉特还没来得及用手背把嘴巴擦干净。哈维紧跟着宾坐下来，他们每人面前都摆着一个铁皮盘子，盘子里盛着拌好的猪肉丁和炸土豆的鳕鱼舌头、鳕鱼鳔，还有一块热面包和一杯浓浓的黑咖啡。尽管很饿，他们还是等着宾认认真真地做完祷告，才安安静静地狼吞虎咽起来。快结束时，丹端起杯子喘了口气，问哈维有什么感觉。

"差不多饱了，但还能塞一点。"

厨子是个大身板黑人，皮肤漆黑。同哈维以往见过的黑人不一样，他不喜欢说话，只是心满意足地静静笑着，暗示他们多吃一些。

"哈维，你看，我怎么说来着？"丹在桌子上小声敲着叉子说，"既年轻又英俊的——就像我、宾、你，还有曼纽尔，是第二轮，第一轮吃完了我们才能吃。他们是老鱼，又奸又猾，吃东西非要合他们的口味才行；他们来得早，但并不应该受到这种优待。对吧，大师傅？"

厨子点点头。

"他不会说话？"哈维小声问。

"只会说胡话。我们对他的事了解得不多。只知道他口音有点儿怪，是内地布雷顿角人，那儿的农民都讲苏格兰土话。布雷顿角那个地方，黑人随处可见，他们是因为打仗逃难过去的，说话口音和那些农民一样，就跟吵架似的。"

"那可不是苏格兰话，那是盖尔语，我在一本书上看到过。"宾夕法尼亚人说。

"宾看了很多书。除了数鱼，他讲的话都八九不离十，对吧？"

"你父亲就随便他们报鱼数，也不检查一下？"哈维问。

"是的。一个男子汉用不着谎报几条老鳕鱼吧？"

"有一个人谎报过，几乎天天都谎报。他总要多报五条、十条、二十五条鱼。"曼纽尔插话道。

"没有的事，我们之中没人做这种事。"丹说。

"安圭拉的法国人。"

"啊！总之西滩的法国人不数鱼，他们认准了不数数的死理儿。哈维，你如果刚好看到他们那些软绵绵的鱼钩，就知道原因啦。"丹以鄙夷的语气说。

　　每次动手捡掇鱼，

　　只会多来不会少！

舱门口传出高个子杰克洪亮的歌声，"第二轮"手忙脚乱地爬到了甲板上。

夜色下，桅杆、索具和从不收起的停泊帆的影子投在上下起伏的甲板上；堆在船尾的鱼儿闪着光，如同倾泻的银河。底舱里有杂乱的脚步声和轰隆声，狄斯柯·屈劳帕和汤姆·普拉特正在盐桶之间走动。丹把一把叉子递给哈维，将他带到那张简陋的台子靠里的一面，萨尔特斯叔叔正烦躁地用刀柄敲打着台面，他的脚边放着一桶盐水。

"把鱼扔进舱底，我爸和汤姆·普拉特在那儿。小心眼睛，不要被萨尔特斯叔叔豁开了。"丹冲着哈维说完，摇摇晃晃地下了底舱，说，"我下去加盐。"

宾和曼纽尔站在被鳕鱼淹没双膝的围栏里，晃动着拾掇鱼的刀子。高个子杰克戴着手套，站在台子旁，面对着萨尔特斯叔叔，脚边放着一个筐。哈维盯着叉子和盐水桶。

"嘿！"曼纽尔大吼一声，弯腰捞起一条鱼来，一指掐鱼鳃，一指掐眼睛。他把鱼摊在围栏边上，刀光闪过，"哧"的一声，那条鱼就被开膛破肚了。随后，他又在鱼头后两侧各划了一刀，鱼就被扔到了高个子杰克的脚下。

"啊！"高个子杰克也吼了一声，他用戴手套的手一抠，鱼肝就掉进了筐里。再一拧一掏，鱼头和内脏就飞了出去，被掏空的鱼随即滑到了喘着粗气的萨尔特斯叔叔手中。紧接着又是"哧"的一声，鱼脊椎被甩出了船舷。这条掉了头、没了内脏的鱼被扔进盐水桶，盐水溅进了目瞪口呆的哈维嘴里。这些人只在最开始时喊叫过，随后就一声不发了。鳕鱼像是活了起来，川流不息。这种不可思议的奇技令哈维惊诧不已，没等他反应过来，筐子就已经满了。

"扔！"萨尔特斯叔叔头也不回地喊了一句，哈维每次抓起两三条鱼扔进船舱。

"扔到一起，不要扔得到处都是！"丹喊道，"萨尔特斯叔叔是全船队中最会拾掇鱼的，你看他像不像在裁纸！"

果然，这位圆滚滚的大叔看上去真有点儿像是在赶时间裁纸。曼纽尔撅着屁股，弯着腰，如同一尊雕像，他那长长的手臂一刻不停地抓着鱼。小个子宾工作也很卖力，但是很明显是心有余而力不足。曼纽尔时不时腾出手来帮他一两次，但又不能让流水线中断。曼纽尔还叫了一次，那是他的手被一枚法国人的鱼钩扎了。那种鱼钩用软金属制成，目的是用完了再弯过来，可是鳕鱼时常带着这种鱼钩逃跑，最后又在别处上了钩。这也是格洛斯特的渔民看不起法国人的原因之一。

下面舱里传出了粗盐摩擦生肉的刺耳声，如同转磨盘一样。围栏里的刀声，鱼头和鱼肝落下、内脏纷飞的"咔嚓"声，萨尔特斯叔叔用刀子"刺啦刺啦"剔除鱼骨的声音，空膛鱼掉到桶里溅起的水声，相互应和。

一个小时之后，哈维觉得只要能休息，让他干什么都行。湿淋淋的鲜鳕鱼重得出奇，不停扔鱼累得他腰酸背痛。但这是他有生以来第一次感到自己是这帮打工汉子中的一员，有了这种自豪感，他虽不乐意，但仍然坚持着。

"刀——来！"萨尔特斯叔叔大叫一声。宾在鱼堆里直喘气，根本直不起腰来，曼纽尔一个人前仰后合地供鱼，高个子杰克的身体探出了船舷。厨子像黑影一般悄无声息地出现，拾起一大堆鱼骨和鱼头，走了。

"早饭吃烩鱼头杂碎。"高个子杰克吧唧着嘴说。

"刀——来！"萨尔特斯叔叔挥舞着拾掇鱼的扁平弯刀，又叫了一遍。

"哈维，注意你的脚。"舱底的丹喊道。

哈维看到有好多刀子如同梳子齿一样插在舱口的楔子

里。他把这些刀子发给众人，接过使钝了的刀子。

"水！"狄斯柯·屈劳帕说。

"前边是淡水桶，旁边是长把勺子。快点儿，哈维。"

很快，他端了一大勺深褐色的陈水回来，并把这勺酒糟味的水倒进了屈劳帕和汤姆·普拉特的嘴里。

"汤姆·普拉特，这是鳕鱼，不是大马士革无花果，更不是银砖。自从咱俩一起出海，我每回都说这话。"屈劳帕说。

"这件事说了七个渔季了，堆得好就是堆得好，就连堆压舱底的东西还有个好坏之分呢。如果你见过四百吨铁装进……"汤姆·普拉特冷冷地说。

"嘿！"曼纽尔呼唤一声，又一次开始工作，直到围栏空了才停下。最后一条鱼刚下舱，狄斯柯·屈劳帕和他的兄弟就晃晃悠悠地去往船尾的舱房里了。曼纽尔和高个子杰克去了前舱，汤姆·普拉特多待了一小会儿，把底舱门关上之后，也不见了。不过半分钟，哈维便听到舱房内鼾声大作，他目光呆滞地看着丹和宾。

"我这回干得好多了，丹。但我想着，我该帮着清扫一下。"宾已经困得眼皮都睁不开了。

"你不要总是和自己的良心过不去，进去吧，宾，没人让你干小工的活儿。提一个水桶来，哈维。哎，宾，把这些倒进泔水桶里之后再休息。这一小会儿你还没睡着吧？"丹说。

宾提着沉重的鱼肝筐子，将鱼肝全都倒进了系在船头、用链子拴着盖的桶里。之后，他也进了舱房，消失得无影无踪。

"鱼下了舱，小工还要打扫。天气好的时候，'四海为家'第一轮守夜的也是小工。"丹精神十足地冲洗围栏，收好台子，并把它们竖起来在月光下晾着，之后又用一团麻絮把血红的刀刃擦干净。起初丹拿着一小块磨刀石打磨，哈维则按照他的指示把鱼内脏和鱼骨扔到船外。

此时，"扑哧"一声，一个银白色的鬼影直挺挺地钻出亮晶晶的水面，发出一声鬼叫。哈维大叫一声，往后退去。丹却笑着说："是逆戟鲸，找鱼头吃呢。它们饿时就这样头朝上立着，身上的气味像不像没有人气儿的坟地？"那白色的家伙潜入水里，海面上咕嘟嘟地冒着水泡，空气

50

中弥漫着难闻的烂鱼味。"从来没见过头朝上的逆戟鲸吧？上岸之前，你能见到几百头。我说，船上多个小工太好了。奥托太大了，又是个荷兰佬。我俩打了不计其数的架，如果他守规矩，也不会那样了。困啦？"

"困死了。"哈维说着，头一个劲儿地往前栽。

"值班可不能睡觉，起来看看咱们的锚灯多亮，多闪啊。你正值夜班呢，哈维。"

"嘿！有什么可怕的呀？天亮得像白天。呼——"

"我爸说，如果有事就糟了。天气好爱犯困，或许还没等你反应过来，就让班轮撞成两段了。到那个时候，肯定有十七个铁石心肠的官员，全都是绅士模样，同时举手，说当时你的灯没亮，海上还有大雾。哈维，虽然我对你很好，但你如果再打瞌睡，我就用绳子把你绑起来。"

饱览大浅滩万千美景的月亮俯视着一个身着灯笼裤和红针织衫的瘦高年轻人，他跌跌撞撞地走在一条排水量为七十吨的双桅帆船杂乱无章的甲板上。他手里摆动着一根打了结的绳子，边走边用绳子抽打着，头却一栽一栽地打着哈欠，身后还跟着一个摆出刽子手姿势的男孩。

舵轮吱呀呀地轻轻摇晃，泊帆在轻风中噼里啪啦地响着，绞盘咔咔响个不停，那要命的巡行还在持续。哈维或斗争，或威吓，或呜咽，最后彻底哭出声来。丹的舌头已经不太灵活，他一边讲着提高警惕的好处，一边用绳头抽打，打中哈维和打中平底船的概率差不多是一样的。后来，舱里的钟敲了十下，敲到第十下时，小个子宾爬上了甲板。他看见互相依偎着躺在甲板上的两个孩子，睡得很死。事实上，是宾把他们像滚铺盖一样滚到床铺上去的。

第三章

　　晚上睡得又香又甜，所以大家养足了精神，仿佛连眼睛都比平时更明亮了，早餐也吃得风卷残云似的。厨师用前一天晚上拾掇出来的鱼骨和鱼头煎了一锅汤汁鲜美的鱼杂烩，那些上了年纪的吃了一大盆，就出去捕鱼去了。丹和哈维清洗干净所有盘子和盆，还切好了中午要吃的肉，擦干净甲板，加满灯油，又帮厨师运来了煤和水，还检查了前舱和放在那里的全船备用品。那是一个不冷不热、风和日暖的日子，哈维大口呼吸着海上的清新空气。

夜里，不知不觉中，来了更多的双桅船，一片片风帆，一点点小小的平底船在蔚蓝色的大海中漂着。一艘叫不上名字、不见船身的轮船出现在远方的地平线上，烟囱中冒出的烟，将蓝蓝的天空都弄脏了；东边那艘大船刚刚将桅杆上的帆篷升起来，远远看去，就像是天边一个正方形的缺口。此时此刻，屈劳帕正在舱顶抽烟，他一只眼睛环视着自己所在的船，另一只眼睛则盯着主桅桅杆顶上的一面小旗。

"我爸肯定是在思考解决办法，不然是不会这么聚精会神的。用不了多久咱们就要停泊啦，我用我的全部报酬做赌注。所有的船队都知道，爸爸对鳕鱼了如指掌。你看，那些船都在向咱们靠近呢！虽然猛然一看并没有发现什么，但其实，他们一直注意着咱们的一举一动呢！那艘船是来自查塔姆的'利波王子'号，昨晚才无声无息地来这儿的。你有没有看见那条前帆有块新三角帆补丁的大船？那是来自西查塔姆的'卡里·匹脱曼'号，要是从上个捕鱼季到现在它的运气并未好转，那么它的帆篷根本扯不了太长时间。它除了来来回回地游逛，根本干不成别的事儿，根本没有铁锚能拖住它。你看，爸爸嘴里吐出一个个的小烟圈，这就说明他正在钻研鱼群。你要是这个时候去打扰他，那他必然会发火。上回我就是在这种情况下跟他说了句话，他就踢了我一脚。"丹悄悄地说。

屈劳帕嘴里叼着烟斗，双眼漫无目的地看着前方。就像丹刚刚说的，他的确是在钻研鱼群，想要在这片纽芬兰大浅滩上运用一下自己知道的和鳕鱼活动有关的知识以及自己捕鱼的经验。在他心里，"四海为家"号的举动之所以能够吸引那么多船的注意，完全是因为他们钦佩自己的才能。不过，他觉得自己已然答谢过他们了，所以这个时候，他希望自己的船可以不再被关注，而是能够找到一个可以静静停下的地方，然后向弗吉恩浅滩扬帆而去，并在波浪滔滔的大海上捕到鱼。捕捞重达二十磅的鳕鱼是屈劳帕的目标，所以他还在对现在的天气、风向、水流情况、食物供应以及其他各项事务进行分析。其实，在这个过程中，他看上去特别像一条鳕鱼。许久之后，他终于取出了嘴里的烟斗。

"爸，今天太适合捕鱼啦，我们干完平时做的杂活之后，能不能下海划会儿船？"丹问。

"别穿鲜红色的衣裳还有那双被烤焦的鞋，给他准备一身合适的衣裳。"

"爸心情好了，答应起来就是痛快！"丹兴冲冲地说完，就拉着哈维进了船舱。屈劳帕将一把钥匙扔下了台阶。"妈妈总说我粗心大意，所以爸爸就把我的衣裳全都放在他的看管范围内。"丹用钥匙打开一把锁，哈维迅速蹬上渔夫胶靴，高高的靴筒装进了他半条腿，他身穿一件胳膊肘处打着大补丁的蓝色厚毛衣，领口带着一把夹子，头上顶着一顶防水帽。

"你这个样子看上去真像个水手！快点！"丹说。

"就在周围划，别去船队那边。要是有人问我在寻思什么，你们就老老实实地回答，因为你们的确也不知道。"屈劳帕说。

那是一条停在双桅船船尾后方的，印着"哈蒂·埃斯"号标记的红色小平底船。丹拖着船头的缆索，十分轻盈地跳到了船板上，哈维跟在他身后，有些笨拙地上了船。

"不能这样上船，要是真有海浪，必然会掉下去的。

你得学着顺势往下跳。"丹说。

丹装好桨架，坐在前侧座板上，看哈维划桨。哈维曾经划过船，那是在阿迪朗达克的池塘里，只是他的动作有点像女人。可是，"嘎吱嘎吱"响个不停的桨架脚毕竟不同于平衡极好的桨叉，轻巧灵便的短桨也不同于粗陋笨重的八英尺海桨。他们才刚刚将桨伸进平缓的海水之中，哈维便开始叫苦不迭。

"下桨要快！划桨要猛！要是在海浪里转桨，那海浪很有可能会把你的桨掀掉！我的桨很好用，你的呢？"丹问。

这个用来垂钓七十寻水位鱼儿的小船异常整洁：船头放着一只小锚、两只水罐，还有几个棕色的细钓竿。哈维的右手处放着一些用来系绳子的羊角，上面挂着一个用来召唤大家回船吃饭的铁皮喇叭。喇叭旁挂着一个特别难看的木槌、一把短渔叉，以及一根短木棍。除此之外，在船舷上缘还有一个正方形的绕线轮，上面整整齐齐地绕着三两根带着重铅坠及双料鳕鱼钓钩的渔线。

哈维的手都起泡了，便开口问丹说："桅杆和帆在哪里呀？"

丹呵呵一笑，说："捕鱼的平底船一般都不用船帆。咱们只是划桨而已，不必费那么多力气。你想不想拥有一条那样的船呀？"

"嗯，要是我跟父亲开口，他一定会给我一两条的。"哈维回答说。最近一段时间他过得很充实，没怎么提过家里人了。

"这样啊，最近你都没有耍过百万富翁的派头，所以我都快不记得你爸爸是个大富豪啦。可是，一条平底船再加上上面的船具和渔具，是要花很多钱的。"丹说话的语气就像是在说一条捕鲸船一样，"只是为了让你玩一玩，就给你弄一条船，你爸爸总是这样吗？"

"这有什么好奇怪的，我根本没有缠着他要过这样的东西。"

"你在家的时候肯定大手大脚的，哈维，别让桨在水面上滑，这是错误的。正确的做法是，下桨要快，收桨也要快，大海不可能静止不动，浪涛会……"

桨柄"嘭"的一声撞到了哈维的下巴，把他打得往后退了退。

"我刚想提醒你，我也被这样打到过，不过还不到八岁我就学会其中的窍门了。"

哈维再次调整坐姿坐稳，他的下巴实在是太疼了，眉毛不由自主地紧紧皱在了一起。

"爸爸对我说，遇到这种事，发脾气是徒劳无功的。在他看来，不能好好掌握技巧，原本就是自己的错。来吧，咱们在这儿试一试，曼纽尔会把水的深度告诉咱们的。"

"葡萄牙人"号远在一英里外的海面上，丹举起一只桨，曼纽尔伸出左手晃了三下。

"三十寻。"丹边说边在钓钩上面装上了一块咸蛤肉，"再往上面弄一点儿油炸面团。学着我的样子把鱼饵装上，哈维，别让绕线轮打结。"

哈维掌握了装饵的技巧，抛出铅坠的时候，丹的渔线早就放出去很长一大截了。平底船平稳地荡开了。没过多久，他们就找到了一个很适合下锚的地方。

"鱼上钩啦！"丹兴奋地大叫着，一条大鳕鱼扑腾着，一时间，浪花哗啦哗啦地打在了哈维肩上。"打鱼棒，哈维，快拿打鱼棒！就在你旁边！快点！"

很显然，那个召唤大家吃饭的喇叭不可能是打鱼棒，因此哈维拿起那个木头制成的大棒槌，递到了丹的手里。丹将大鱼拉上船前，稳、准、狠地将它打昏了，还用一根被他叫作"撬棒"的短木棒撬下了钓钩。就在这时，哈维感觉渔线猛地扯了一下，他急忙兴冲冲地开始收渔线。

"啊，是'草莓'！快看呀！"哈维大喊道。

钓钩勾住了一团半红半白的、几乎跟真草莓一模一样的"草莓"，只是这些"草莓"的茎是管状的，有点滑腻，而且没有叶子。

"别碰，赶紧扔掉，别……"

可惜丹的警告还是晚了，哈维已经把它们从钓钩上取下来，欣赏起了它们的美丽。

"啊！"随着哈维的一声大喊，他的手指猛地向后一扯，那反应就像是抓了一把荨麻。

"这会儿明白海底草莓的厉害了吧。爸爸说过，除了鱼，不要在没戴手套的情况下碰任何东西，由着它们自己在水里漂。哈维，再装一遍鱼饵。再怎么看也毫无意义，记着，你的工资是包括这样的意外情况在内的。"

　　哈维想起每月十块半美元的工资，禁不住笑了。他无法想象，当母亲看到他靠在漂泊在大海上的渔船边时，会说些什么。毕竟以前仅仅是去萨伦那克湖泛舟，她就紧张万分。他总是对她的焦虑不安加以嘲讽，对这一点他倒是记忆犹新。说时迟那时快，渔线"唰"的一下从他手里滑了出去，而且一下就从那个名叫"钳子"的、专门用来预防渔线被拉太长的木头小圈里冲了出去。

　　"肯定是个大家伙！再把渔线放一放，把它的力气消耗完。我来帮你。"丹大声说。

　　"不，不用帮！这是我钓的第一条鱼。"哈维赶忙拒绝道，随即紧紧抓住渔线，"鲸鱼，有没有可能？"

　　"或许是条大比目鱼。"丹趴在船边望向水中，还晃动着手里的杀鱼棒，做好了万全的准备。碧波之中，一个白色的椭圆形忽隐忽现。"肯定超过一百镑啦，我敢打赌，用一整年的工资打赌。你真想自己弄它上来？"

　　哈维的指关节被船舷撞破了，鲜血汩汩流出。他兴奋极了，用尽全身气力，脸憋得青紫，额头上的汗珠滴滴落下。他的眼前模模糊糊的，根本看不清在亮晶晶的波纹里飞快移动着的渔线。两个年轻人早就用尽了全身力气，在他们的拖拽下，那条大比目鱼又足足挣扎了二十分钟。不过最后，那扁平的大家伙还是卡在渔叉上，被他们拖上了船。

"新手果然有好运呀，这个家伙得有一百多磅！"丹擦着额头说。

哈维看着这个灰色的大家伙，心中的喜悦简直无以言表。他曾在海岸的石板上见过很多次大比目鱼，却从没想过走上前去问一问它们是怎样来到陆地上的，不过现在，他知道了。他浑身又酸又疼，已然筋疲力尽了。

"要是爸爸在就好啦，他肯定能清楚地看出鱼儿洄游的迹象。"丹停下手里的活儿说，"这段时间捕捞的鳕鱼一次比一次小，咱们却钓上来一条这么大的比目鱼。这个时候观察鳕鱼的洄游路线，就简单多了。不知道你是否留心了，咱们昨天捕上来的都是大鳕鱼，根本没有大比目鱼。爸爸说过，纽芬兰大浅滩上的任何现象都可以说明鱼儿的洄游迹象，关键在于捕鱼人能否看得准。爸爸观察到的深度比鲸鱼游走之后留下的水窝还要深呢！"

就在丹说话的时候，"四海为家"号上一声枪响，前桅杆上还挂起了一个装土豆的篮子。

"看，我说得对吧？那是在召唤所有人立即回船。爸爸已经拿定主意了，否则他是绝对不会在白天这个时候中断捕鱼的。哈维，收渔线，咱们得往回划啦。"

他们把船划向了双桅船的上风头方向。就在他们摇摇晃晃地准备在平静的海面上掉头时，半英里外传来了一阵惊慌失措的叫声，他们立即改变航向，向宾划去。宾的船就像一只落水的虫子一样，正以一个固定中心为圆点，飞速旋转着。那个小个子使出吃奶的力气，一会儿前俯，一会儿后仰。可是，不论他如何挣扎尝试，脚下的平底船还是转个不停，而且还被绳索紧紧勒住了。

"我们必须去帮帮他，不然他根本没法儿动弹。"丹说。

"这是怎么回事？"哈维问。在这种全新的环境里，他不可能对比自己年纪大的人品头论足，只能低眉顺眼地询问他人。大海这般辽阔，甚至让人恐惧，这个时候他的脸上却满是漠不关心的神情。

"锚被缠住啦，宾三天两头地丢锚。就说这次出海吧，他已经把两只锚弄丢在了满是海沙的大海底部。我爸说，要是他下回捕鱼的时候再丢了锚，那么他就只能得到一只小锚。真这样的话，宾一定会伤心的。"

"小锚？"哈维问道。他已经大概猜到了，那是一种能折磨水手的东西，就类似于故事书中所写的，用绳子把水手绑在船底拖走。

"小锚其实就是一块用来替代铁锚的大石头。系平底船的时候，你就会发现系在船头的石锚啦，这样一来，全船队的人就都知道啦，他们就会极力嘲笑他。宾必然很难接受，就像是狗无法接受自己的尾巴被绑上一个柄勺。更何况，宾向来心思细腻敏感。嗳，宾！又被咬死啦？放弃你那些别出心裁的解决方法吧，你往铁锚那边靠一靠，拖住，带着它前后移动。"

"它根本不动啊，一点都不动。我把能试的办法都试过了。"小个子宾上气不接下气地说。

"前面那些横七竖八的都是什么呀！"丹指着平底船

上那些被这个初出茅庐的新手弄得七零八落、胡乱堆在一起的备用桨和拉杆说。

"哦，那是一台西班牙起锚机。"宾颇为骄傲地说，"是萨尔特斯先生教我做的，只是不太好用。"

丹不想让宾看到他在偷笑，所以侧身到船的另一侧，然后动手拧了几下拉杆，不一会儿，铁锚就上来了。

"宾，赶紧收锚，不然又被咬死啦！"丹笑道。

他们走了，只留下用那忧郁的蓝色双眸认真看着被海草缠住铁锚锚爪的宾，无休无止地说着感恩的话。

他们走到宾听不见的地方，丹才开口说："哈维，你知道我的想法吗？宾其实不笨，这根本不难解决，可是那个时候，他好像傻了一样，你明白吗？"

"这是你的想法，还有，你爸是不是也这么想？"哈维弓着腰划着桨问道。他感觉自己现在已经掌握了从容划桨的技巧。

"在这件事上，我爸的想法没错。宾的确有点笨，但也并非真是那种天真无邪的傻子。哈维，你现在做得很好，桨划得很平稳。我觉得你应该清楚这些事，所以对你说。

宾从前的名字是雅克布·鲍勃，做过摩拉维亚教派的牧师。我爸对我说，他和妻子及四个孩子定居在宾夕法尼亚州某地。有一次，宾带着全家参加一个摩拉维亚教派的聚会，应该是个野营会吧，刚好在约翰镇落脚。你知道约翰镇吗？"

哈维思考了一下，说："嗯，知道。不过很奇怪，在我的脑海里，它好像和阿希塔波拉有什么联系。"

"你的想法没错，哈维，这两个地方都出现过大灾。就在某天夜里，包括他们一家人落脚宾馆在内的整个约翰镇都完蛋了。决堤之后，洪水肆虐，被淹的房屋相互碰撞着沉到水底。我曾见过一些照片，真是让人不寒而栗。宾还没弄清楚状况，就亲眼看见家人们全都淹死在了洪水中。从那以后，他的脑子就不太正常了。在往后的悲惨岁月里，他把所有这些都忘了，他微笑着，疑惑着，四处漂泊着，根本不相信约翰镇发生过这么大的灾难。他不知道自己是谁，也不知道自己的过往，就是在这种情况下，他碰到了去阿利根尼城的萨尔特斯叔叔。善良的萨尔特斯叔叔收留了宾，知道了他的遭遇，就带他到了东部，还把他安排在自家农场做工。"

"怪不得昨天晚上萨尔特斯叔叔叫他农民，这么说，萨尔特斯叔叔也是农民？"

"农民！地地道道的农民！"丹叫道，"就算是用完从这儿到哈蒂·路斯的水，都没办法把他靴子上的污泥清洗干净。哈维，我跟你说，某天，我见他一整天都在提着水桶喝水，他扭动淡水桶塞子的动作就像是在挤牛奶。他就是这样一个在爱塞特周围打理农场的地道的农民。今年春天，有个波士顿富豪看中了他的地，想建一座避暑庄园，萨尔特斯叔叔就把地卖了，得了特别多的钱。本来，他们两个傻乎乎的人可以一直这样混下去，可是，有一天，萨尔特斯叔叔接到了一封信，是宾所属的摩拉维亚教派写的，原因是他们发现了宾定居的事情。他们之间交流的具体内容我并不知道，但结果是萨尔特斯叔叔勃然大怒。原本，萨尔特斯叔叔是圣公会教友，可是为了不让宾被那些人带走，他竟然冒充浸礼会教友，并声称绝不会让宾离开，绝不准许任何宾夕法尼亚或者其他地方的摩拉维亚教派团体把宾带走。上回，出海捕鱼季快到的时候，叔叔和宾一起来见我爸，说为了他们的身体健康，要跟着一起出海捕鱼。我觉得他之所以这么做，是认为摩拉维亚教派绝不会找到纽芬兰大浅滩上去。我爸拥有'四海为家'号四分之一的股份，而且在他进行专利肥料投资前的三十多年间，时不时就会出海捕鱼，所以就答应了叔叔的要求。出海的确对宾很有帮助，带着他出海捕鱼，也成了我爸的一种习惯。爸爸曾经说过，终有一天，宾会想起自己的家人，还有约翰镇，到那个时候，只怕他就活不下去了。千万不要跟宾说起这些事，不然萨尔特斯叔叔很可能会把你丢进海里。"

"宾真是太可怜了。看他俩相处，我无论如何也想不到是萨尔特斯叔叔在照顾宾！"哈维嘟囔道。

"可是我喜欢宾，大家也都喜欢他。我之所以跟你说这些，就是因为我觉得咱们应该多照顾他。"丹说。

这个时候，他们已经离双桅船很近了，别的小船就跟在他们身后不远的地方。

屈劳帕站在甲板上说："平底船等吃饭之后再弄到大船上来，咱们赶紧收拾鱼，然后下舱。伙计们，快点架起桌子来！"

"哈维，你看到没有，从一早上开始到这会儿，向咱们靠近的船好多呀！他们都在等爸爸下一步的动作呢！"丹眨了眨眼，就准备工具去了。

"在我眼里那些船并无不同。"的确，在一个对航海一窍不通的人眼里，周围那些起起伏伏的双桅船几乎是一模一样的。

"可是它们并不一样：那艘斜杠歪斜、看上去脏得不成样子的黄色班轮是'布拉格春天'号，他的主人是纽芬兰大浅滩上最自私的人，船主名叫尼克·勃拉弟。要是咱们不幸触礁，你就能对他有更清晰的认识啦。一旁的'白天眼睛'号是从哈维奇来的，主人是杰拉德两兄弟，特点是行进速度快，捕鱼运气好。不过，哪怕爸爸在墓地，也完全有能力把他想要找的鱼捕上来。紧随其后的分别是'玛奇·斯密司'号、'玫瑰'号，还有'伊迪丝·沃伦'号，这三条船全都来自我的家乡。明天一早咱们应该还会看到'阿培姆·提令号'，是不是呀，爸？它们全都是从浅水滩那边来这边的。"

"明天看不到这么多船啦，丹尼。"屈劳帕心情愉快的时候，就会这样称呼自己的儿子。"伙计们，这边有点拥挤呀！咱们这是用大饵钓小鱼！"他一边对着刚刚登上甲板的水手说话，一边看了一眼捕捞上来放在围挡里的鱼。那鱼不仅小，而且少，除了哈维钓上来的那条大比目鱼，简直没有一条鱼的重量是十五磅以上的，真是太反常了。

"我在等天气变化。"他补充道。

"屈劳帕，我可是看不出任何预兆，你得靠自己。"杰克向明朗的地平线看了一眼说道。

可是，半个钟头过去了，他们仍在收拾鱼。他们被纽芬兰大浅滩的迷雾包围着，雾气那么浓重，以至于他们连鱼都无法分清。看不清颜色的海面上依旧浓雾阵阵，它们升腾而上，盘旋打转。水手们停下手来，没有说话。杰克和萨尔特斯叔叔两个人插上了绞盘制动器的插座，然后就开始起锚了。湿漉漉的大缆绳缠绕在大琵琶桶上，绞盘发出刺耳的响声。曼纽尔和汤姆·普拉特也过来帮忙，最终，锚终于被拉了上来，还发出了呜咽般的响声。停泊帆鼓起了风，屈劳帕掌控并固定舵轮，下达命令说："把三角帆和前帆升起来。"

"动作要快，赶紧把它们升到压舷上！"杰克一边喊一边绷紧了三角帆。这个时候，其他人把啪嗒作响的前帆环扣也升了起来，没一会儿，帆杠也嘎吱嘎吱地响了起来。"四海为家"号调整方向，驶入了浓重的白雾之中。

"下雾之后肯定会起风。"屈劳帕说。

哈维惊讶得一句话都说不出来，尤其是除了几声"对，很好，好儿子"这样短促的言语，竟然没有听到屈劳帕再下一句命令。

"没见识过起锚吧？"汤姆·普拉特问正对着湿漉漉的前帆目瞪口呆的哈维。

"没有，咱们这是要去什么地方？"

"捕鱼呀，正找位置停船呢，来船上生活一个礼拜就都知道啦。在你眼里，所有事情都充满了新鲜感，可是我们却无法预料究竟会碰到什么情况。请你相信，我汤姆·普拉特也从未想到……"

"那也比每月十四美元再加上一发射进你肚子的子弹强，总算是给你这个大家伙减了减负。"站在舵轮旁边的屈劳帕说。

这个曾经做过水兵的壮汉，边在绑着一根圆木的船头大三角帆处忙着什么，边说："钱是不少。可是，我们以前在波福港外掌控'杰姆斯博克'号绞盘制动机的时候，还真没考虑过钱多钱少的问题。那个时候，船尾被福特·麦肯的炮火轰击着，船头还遇到了猛烈的飓风。麻烦问一句，那个时候，你在哪里呀，屈劳帕？"

"就在这个地方或者附近，为了混口饭吃，我只能一边躲着南军的私掠船，一边在深水里捞鱼。汤姆·普拉特，我无法向你提供子弹，实在是抱歉。我想我们会一帆风顺的，至少在看见东岬角之前会。"屈劳帕说。

这时，海浪撞击的啪啪声，海水流动的汨汨声，从船头传来，不时还会夹杂着低沉的重击声，还有一簇簇小浪花溅起之后落在甲板上的哗啦声。冰凉的海水滴在索具上，水手们全都意懒心慵地在避风处靠着，只有萨尔特斯叔叔在主舱盖上坐得笔直，不断揉着自己被"草莓"刺痛的双手。

"我看得撑起支索帆了。"屈劳帕一边说，眼睛一边滴溜溜地转动着，望向他的弟弟。

"我倒觉得这么做除了浪费帆篷，没有任何好处。"曾为农民的水手萨尔特斯说。

屈劳帕手里的舵轮好像静止了，没过多久，一个浪头呼啸着向双桅船袭来，重重地打在萨尔特斯叔叔的肩头，把他全身都打湿了。他怒气冲冲地站起身来破口大骂，就在他打算向前迈步时，又一个浪头劈头盖脸地打了过来。

　　丹说："看呀，爸爸盯得甲板上的萨尔特斯叔叔无路可逃。萨尔特斯叔叔总是把船上的帆篷当成他那四分之一股份。我们出了两次海，每次都被爸爸像赶鸭子一样死死盯住。看呀，他往哪里走，浪头就往哪里打！"萨尔特斯才在前桅处站定，一个浪头就打在了他的膝盖上。屈劳帕的脸好像并无任何表情，就像舵轮除却一个圆轮再无其他东西。

　　"就升上最高的轻帆吧，万一发生意外，千万别怪我没提醒你！宾，赶紧跟我一起下舱喝咖啡去，你该知道，这种天气最好别在甲板上晃。"屡屡被浪头打中的叔叔在又一个浪头中大喊道。

　　目睹一切的丹说："他们下舱之后就会一杯接一杯地喝咖啡，一盘接一盘地下棋。我想，咱们也会有那一天。纽芬兰大浅滩那些捕鳕鱼人在闲暇时，也只会百无聊赖地通过打牌消磨时间。"

"你这样说，我真欣慰。差点忘了，咱们船上还有一位头戴丁字形码头帽的乘客呢！只要有人不懂他们的绳子，他们就闲不下来。汤姆·普拉特，把他带过来，咱们好好教教。"正在寻摸消遣的杰克大喊道。

"这个鬼点子可不是我想出来的，你得靠自己学习去啦。我打绳结的手艺就是我爸教的。"丹笑着说。

在接下来的一个钟头，杰克指挥得哈维脚不沾地，还对他说："在海上漂的人，就算眼瞎了，喝醉了，困得睁不开眼，心里也要对所有事清清楚楚。"杰克有一种独特的才能，能够把这条并无太多索具、前桅如树桩子一般的七十吨双桅船讲得明明白白。他希望哈维仔细观察斜桁尖头的升降索，便用自己的手卡住哈维的后脖颈；为了说明前后的区别，几乎总得让哈维在几英尺长的帆杠上擦擦鼻子；为了让哈维弄清并记住每根绳子的走向，几乎让哈维摸遍了每一个绳索。

若甲板上整齐空荡，学习起这些东西来就很简单。可是，甲板上堆满了各种各样的东西，几乎没有落脚之处。跨过前侧地上放着的绞盘、滑车索具还有锚链和大麻缆绳都不容易，而且前甲板上还放着火炉子的烟囱管，前舱盖附近还堆着碎肉桶以便盛放鱼肝。再往后，是前帆杠还有主舱的活盖小舱口，几乎所有空地都被占满了，更何况还有水泵和围栏。后甲板的环端螺栓上吊着一组平底船，舱房附近还放着很多七零八碎的物件儿。最后，是架子上长达六十英尺的主帆杠，不管是什么东西经过都必须得闪躲或者下蹲，否则就会受到剐蹭。

汤姆·普拉特也有强烈的讲课意愿，他跟了一路，对老"俄亥俄"号上的帆篷还有帆杆进行了一番描述，只是这些描述并无用处。

"听我的，别理他。汤姆·普拉特，你这个笨蛋，就算你再吹嘘，我们也不会去'俄亥俄'号的，只会让那个孩子发懵罢了。"

汤姆·普拉特不以为然道："开始学习就这样从船头到船尾地走马观花，只怕一辈子也学不好，他需要学习一些基本原理。哈维，你要知道，航海是门技术，要是我让你站在前桅平台上，就会给你看看……"

"闭嘴吧，汤姆·普拉特，我知道你要说什么，你说的那些东西根本毫无意义。哈维，过来，听了这么多，跟我说说前帆应该怎么收下来？好好想想，不要着急开口。"

"得把那个弄过来。"哈维指着下风处道。

"怎么？是要把北大西洋弄过来？"

"不是，是把帆杠拉过来。然后就是拽那根绳子，就是你让我看过的那根，拽到后面……"

"那样怎么行！"汤姆·普拉特道。

"别插嘴，他刚开始学，叫不对某些名儿很正常。哈维，继续说。"

"嗯，那是收缩帆篷短索，我会用它钩住滑车，再把帆弄下来……"

"孩子，是落帆，正确的说法是'落帆'！"身为老手的汤姆·普拉特十分严谨认真，因此插嘴更正道。

"再把咽喉卡还有斜桁尖头的升降索落下来。"哈维牢牢记住了这两个名称。

"用你的手在这上面比划一下。"杰克吩咐道。

哈维照做，边做边说："把绳圈降下来，嗯，正确说法是'索眼'不是'绳圈'，把它套在帆杠上面。然后按照您教的办法把它绑起来，再重新扯起斜桁尖头还有咽喉升降索。"

"你忽略了一点，那就是扯过帆角上的耳索，不过，我会抽时间多教教你的，你很快就能学会。记住，船上的每根绳索都有用，不然早就被扔下船啦，懂不懂？你这个瘦弱的货物管理员，要知道，我这可是在往你口袋里装钱，有了这些资本，你就能驾着船一路从波士顿到古巴。到时候别忘了对大家说，你的技术是杰克教的。过来，再跟着我转一圈，我说名称，你找绳子。"

哈维听到第一个名称，就觉得有点疲惫，于是慢慢悠悠地走了过去。谁承想，有根绳子猝不及防地甩在了他的肋骨上。

"等你当上船主后再迈四方步吧！现在，接到命令就得立即跑过去！看清楚了，再来一遍！"汤姆·普拉特异常严肃地说道。

那些练习原本就已经让哈维涨红了脸，这一鞭子更让他浑身躁动。其实他原本就是个聪明人，他的父亲智慧过人，他的母亲神经过敏，在方方面面的宠溺之下，本就倔强的他已然固执得如同一头骡子。他向周围扫了一眼，就连丹的脸上都没有一丝笑容。显然，在这里，这只是一件再平常不过的小事，尽管他心中厌恶不已，尽管他觉得很受伤，可他还是忍了下来，既没有冲动地对质，也没有愤怒地龇牙。而且，他平时欺骗母亲百试百灵的那种聪明劲儿让他知道，也许除了宾，船上任何人都不会在意那种没有一点用处的反感，大家的知识都是在命令下学会的。杰克又说了五六根绳子的名称，哈维像退潮时的鳗鱼一样，在甲板上蹿动着，眼睛不时瞟向汤姆·普拉特。

"不错，很不错。吃过晚饭，给你看看我做的索具齐备的双桅船模型，到时候再好好学一下。"曼纽尔说。

"对一个乘客来说，绝对值得表扬！我爸刚才说啦，会赶在你可能被淹死之前让你成长为一名合格的水手。他可是从来不轻易夸人的，等下次咱俩一起值夜班，我多教教你。"

"高点！"站在船头望向团团浓雾的屈劳帕小声嘟囔道。船头三角帆的帆杠正在快速松开缆绳，能见度只有十英尺，可是船头两侧阴沉沉的灰色波浪却毫不停歇地翻滚而来，它们相互拍打，低沉呼啸。

"现在，让我来教你几手，这几手连杰克都不会。"汤姆·普拉特大喊着，打开船尾的柜子，拿出了一个深海砣，这个砣已经被砸得坑坑洼洼，砣的一端有个凹孔。他又拿来满满一碟子羊脂，将凹孔涂满，说，"我教你飞这个蓝鸽。安静！"

　　屈劳帕转动舵轮，刹住双桅船。与此同时，哈维（这个高傲的男孩）协助曼纽尔降下船首的三角帆，堆在帆杠上。汤姆·普拉特一圈又一圈地挥舞着水砣，随之而来的是一阵深沉的嗡嗡声。

　　"伙计，快点甩出去呀！这么大的雾，咱们的位置绝对在离火岛吃水二十五英尺深的范围内，所以，不需要任何技巧。"杰克略显急躁地说。

　　"伙计，不要妒忌。"双桅船缓缓向前颠簸着，从汤姆·普拉特手里甩出去的海砣扑通一声落在了远处的大海之中。

　　"测量水深可是个技术活。为了让深水砣准确落水，至少需要一周时间。爸，你觉得有多深呀？"丹问。

　　屈劳帕的脸放松下来，大家都说，就算蒙上他的眼睛，他也对纽芬兰大浅滩的一切清清楚楚。要知道，在各个船队的行家里面，不管是技巧还是名望，他的排名可是遥遥领先的。他向舱房窗口那只小罗盘看了一眼，说："要是让我说，应该是六十英尺。"

"六十英尺。"汤姆·普拉特一边把一大圈湿淋淋的绳子收起来一边唱出了水深。

双桨船再次加速前进，一刻钟之后，开口喊了一声："扔！"

"这次您觉得有多深？"丹低声问道，然后沾沾自喜地看着哈维。不过，此时此刻，哈维正在为刚刚的表现让人印象深刻而感到无限光荣，根本无暇他顾。

"五十英尺。我认为咱们应该还在五十到六十英尺的老位置上，还没到格林浅滩的缺口。"屈劳帕说。

"五十英尺！"汤姆·普拉特大吼一声，浓浓大雾之中，几乎无法看清他的身影。"再往前走上不到一码就是缺口了，那个缺口就像是福特·麦肯号被炮弹打中裂开的口子一样。"

"哈维，装饵。"丹说着就把手伸进了卷轴，把渔线抽了出来。

双桅船好似在浓雾中漫步一般，头帆猛烈地鼓动着，"砰砰砰"地响个不停。船上的人都在等着看两个年轻人钓鱼。

满是伤痕的栏杆上，丹的渔线在抽动，他开口说："哎，你说我爸是怎么知道深度的呀？哈维，搭把手，肯定是个大家伙，已经死死地咬住钩了。"二人同心协力拉着渔线，一条眼珠外突，超过二十磅的鳕鱼被拉了上来。原来，鱼钩和鱼饵全都被它吞进肚子去了。

"看呀，它身上全是小螃蟹。"哈维边喊边给它翻了个身。

"我以大锚起誓，它们早就生虱子了。屈劳帕，你得多看看龙骨下面。"杰克说。

大锚入水，溅起无数水花。他们丢下了所有的渔线，在舷墙上，各自占好了位置。

"它们怎么这么贪嘴？"哈维气喘吁吁地又拽上来一条鳕鱼，身上同样满是小螃蟹。

"没错，生虱子就说明已经有上千条鳕鱼聚在一起了，这种咬钩方式也说明了它们的饥饿。随意地装点鱼饵就行啦，就算不装鱼饵，它们也会上钩的。"

"哎哟，这条鱼真是太大了！"哈维大喊着把鱼弄上船来。鱼正张着大嘴，努力呼吸，还噼噼啪啪地跳动着。丹说得很对，它几乎把钓钩吞进了肚子。"咱们怎么不在大船上捕鱼呀？这样就不需要放平底船下海捕鱼了嘛。"

"在不收拾鱼的时候，的确可行。可是，之后要是这样做，鱼儿们看见那些鱼头和下脚料，肯定会被吓到芬地去！大船捕鱼并不先进，除非你能像我爸那样经验丰富。我看今晚咱们就得放排钩啦，这个活儿可不像在平底船捕鱼时那么清闲，而是会让人筋疲力尽，是不是呀？"

这个活的确不轻松，那是因为在平底船上捕鱼的时候，双肩是平行用力，而且在鳕鱼被捞上船之前，水的浮力会抵消很多重力。可是，双桅船上的船舷高达数英尺，把杆子提起来就很困难了，更何况，人趴在舷墙上面，肚子还会被压得特别疼。整个过程，伙计们都需要大幅度活动，直到鱼堆满甲板，海里的鱼不再咬钩，才能停歇。

"萨尔特斯叔叔还有宾在哪里呀？"哈维问道，并用手拍掉了防水布上那些滑腻的东西，还学着别人的样子，一丝不苟地将渔线绕在卷轴上。

"应该是在喝咖啡、下棋。"

绞盘柱子上挂着的灯发出昏黄的灯光，两人对坐在前甲板的一张桌子前，上面是棋盘，二人既不关心捕鱼，也不关心天气。宾每动一步，萨尔特斯叔叔就会怒吼半天。

"这会儿能有什么事呀？"在哈维把半截身子探出梯子顶上的皮圈向厨师喊话时，萨尔特斯叔叔喝问道。

"有一堆长了虱子的大鱼。"哈维引用杰克的话回答说，"棋下得怎么样？"

小个儿宾垂着下巴，萨尔特斯叔叔气鼓鼓地说："要是不听别人的，也许还不会出错。"

"将死了，是吧？"丹问完，看到哈维由船尾摇摇摆摆地走了过来，手里提着一桶冒着热气的咖啡，便对哈维说："我爸很公平的，今晚不用咱们干活了，会让他们来打扫的。"

"要我说，他们打扫的时候，你们两个小伙子还是需要给排钩装一桶鱼饵的。"屈劳帕猛地摔了一下手里的舵轮，神气十足。

"爸，要是这样，还不如去打扫。"

"这是肯定的，不过你不会这样选的。快点动起来，收拾鱼下舱！宾负责扔鱼，你们俩负责装饵。"

"他们两个不打个招呼就放钩钓鱼，你们也不管。"萨尔特斯叔叔拖着脚走向了他在桌前的座位，"丹，这把刀太钝了，没法用了。"

"要是你连放缆绳的动静都听不见，我看你最好还是自己雇个佣人。"丹说。舱房前的迎风处放着很多桶，里面装满了排钩渔线，在夕阳的余晖中，丹穿梭在桶间。"哈维，你要不要跟我一起装饵？"

"按我教的办法装饵，跟在鱼群后边会有收获的。"屈劳帕说。

意思就是，他们要装的鱼饵是收拾鳕鱼剩下的下脚料，这样一来，他们就不需要光着手在小饵料桶里摸来摸去了。一圈圈渔线井然有序地盘在桶里，而且每几英尺就有一个大鱼钩。认真检查每个鱼钩并给其装上鱼饵，随后再一一盘好，由平底船上全部放出去，里面门道可不少。丹甚至不需要用眼睛就能摸黑儿装饵理线，可是哈维的手指却屡屡被扎，不停地长吁短叹。丹的手指灵巧地穿梭在钩子上，就像老婆婆钩花时，在腿间自由穿梭的梭子似的。"我连走路都不会时就开始帮忙给排钩装饵，可是不管怎么说，这个活儿都很消耗时间。哦，爸！"他冲着舱口喊道，船舱里的屈劳帕和汤姆·普拉特正在一块儿腌鱼。"你觉得咱们需要多少渔线？"

"三盘，快点干吧！"

"每个桶里都有三百寻长的渔线，足够今夜放啦。哎呀，那儿漏了一处，我大意了。"他吸吮着手指，继续道，"哈维，我对你说，在格罗萨斯脱，就算你出再多的钱，我也绝不会受雇于排钩渔船。或许这种船速度略快，可是除此之外，船上的活可以说是全世界最磨蹭最无聊的。"

"我不知道咱们干的工作算不算是正规地放排钩，我只知道我的手指都要被扎得烂掉了！"哈维一脸不快道。

"哎呀，这只是我爸所做的该死的试验而已。要是没有可信的理由，他绝对不会放排钩。我爸心明眼亮，所以才会让咱们放排钩。咱们得遵照他的指示，让钩子整体下坠，不然，等收钩时，只怕连一根鱼鳍都看不到。"

宾和萨尔特斯叔叔按照屈劳帕的命令打扫甲板，不过两个小伙子也一点儿没闲着。他们刚刚把几桶排钩装好，就被在平底船上提着灯笼照来照去的汤姆·普拉特和杰克叫了过去，按照两人的吩咐，把桶还有一些刷了漆的排钩小浮标抬到船上，并将平底船放进了大海。"他们不会被淹死吧！天呀，平底船装得那么满，简直就像是一节货车。"哈维望着波涛滚滚的大海喊道。

"我俩很快就回。你们不要担心，不过，如果排钩缠在一起，你们非得挨一顿打不可。"杰克说。

波浪将平底船推到浪头上，眼看着就要撞上双桅船了，却滑过浪尖，消失在了苍茫的暮色里。

"你拽住这头，不停地晃。"丹说着就把挂在绞盘后面那口钟的短绳递到了哈维手里。

哈维用力敲着钟，仿佛平底船上的两条生命就握在他的手中。船舱里的屈劳帕正在记航海日志，他看上去并不是那般凶神恶煞的模样，吃晚饭时，甚至冲着焦急万分的哈维挤出了一抹干笑。

"天气不算太糟糕。咱俩应付得了排钩的事！他们划得并不远，只要不被缆绳缠住，能听见敲钟声就没事。"

"当！当！当！"哈维又敲了半个钟头，时而还会换换节奏。波涛的怒吼中传来了船舷被撞的声音，曼纽尔和丹急忙奔向吊平底船的滑车吊钩，杰克和汤姆·普拉特赶忙爬上甲板，他们看起来，像是被半个北大西洋的海水浇过一样。平底船被吊入空中，咣唧一声落在了甲板上。

"没有一个鱼钩被缠住，下次还这样干，丹。"汤姆·普拉特说着，任由水从身上滴下。

"有你们陪着大吃一顿，我万分荣幸。"杰克说完，就像大象似的跳蹦几下，靴子里的海水被"噗噗"地挤了出来。他抬起被油布雨衣裹着的胳膊碰了一下哈维的脸，说，"我们就是要放下身段，和第二批吃饭的人共进晚餐。"他们四人摇头晃脑地来到船舱吃饭，哈维吃了许多鱼杂烩还有煎饼，肚子圆鼓鼓的。等曼纽尔把那只两英尺长的、十分漂亮的船模从柜子里拿出来时，哈维早就睡着了。这个船模是曼纽尔模仿首次带他出海的"梦西·福尔摩斯"号制作的，他原本打算向哈维展示一下船模上的绳索，可哈维还没碰到船模，就被宾弄到铺上去了。

"这必然是一件伤心事，一件让人痛苦万分的事。他的父母肯定认为他去了另一个世界，他们肯定认为自己失去了一个孩子，一个男孩！"宾直勾勾地看着哈维的脸说。

"走开，宾！到船尾去找萨尔特斯叔叔，跟他下完那盘棋。跟我爸说一声，要是他没意见，今晚我替哈维值班，他实在是累得受不了了。"丹说。

"多好的小伙子呀！丹，真希望他能成为一名优秀的水手。我觉得他很好，并不像你爸说的那样。唔，你觉得呢？"曼纽尔边说边脱下靴子，缩进了下铺的黑暗里。

丹呵呵笑着，那笑声最终变成了鼾声。

天色阴沉，还起了风，年长的水手延长了值夜班的时间。清晰的钟声从舱房传出；突出的船头经受着海浪的拍打；浪花溅在前甲板炉子的烟筒上，"嘶嘶嘶"地响个不停。两个小伙子睡得正香，屈劳帕、杰克、汤姆·普拉持，还有萨尔特斯叔叔轮流值着夜班，跟跟跄跄地去船尾检查舵轮，又去船头检查铁锚是否松动，还要放松缆绳以免擦伤，此外，还要留心一下昏暗的锚灯还亮着没有。

第四章

哈维从睡梦中醒来，"第一轮"正在吃早餐，前舱门吱吱呀呀响个不停，双桅帆船上的每个部位都在演奏自己的调子。黑铁塔似的厨子，在小厨房的炉火前晃来晃去，火炉前的墙上有个木架子，每次船体起伏，木架上的锅碗瓢盆就会叮叮当当地碰撞出声。拼尽全力勇攀高峰的船头摇晃着，越爬越高，越爬越高，很快，又毫不拖泥带水地落入海中。突出的船头正劈波斩浪，嘎吱作响；少顷，被劈斩开来的海水就如同一阵重磅炮弹似的，砸在了甲板上；缆绳摩擦锚孔的声响和绞盘尖锐的抱怨声紧随其后。"四海为家"号晃动着，颠簸着，坠落着，聚精会神地重复着这套动作。

"要是在岸上，只要有事，不管是什么天气，都得去干。我们甩开了那些船队，闲来无事，这本身就是一种福气。诸位，好梦。"这是高个子杰克的声音，话音一落，他就像大蛇似的移到自己铺上，吞云吐雾。汤姆·普拉特紧随其后上了床，点起烟。萨尔特斯叔叔带着宾爬上梯子，值班去了。厨子开始着手为"第二轮"开饭。

"第二轮"爬下床，晃着身子，打着哈欠，入了座，一直吃到咽不下去才作罢。曼纽尔把一些呛人的烟丝装进烟斗，一屁股坐在了一张靠前的床铺和绞盘刹杆之间，把脚翘在桌子上，点燃一根烟，脸上还带着懒洋洋的笑意。丹坐在床铺上，拉着一架特别土气的手风琴，调子和"四海为家"号共同起伏着。厨子将背靠在盛放煎饼的柜子上（煎饼是丹最喜欢的食物），手里削着土豆皮，眼睛时而向锅灶瞥一下，以免烟筒进水过多。那飘在空气中的熟悉味道和油烟，自不必提。

哈维想来想去，还是为自己没有严重的晕船反应感到不可思议。他爬回自认为最舒适安全的床铺上。这个时候，丹尽力在剧烈起伏中准确地拉着曲子，唱着"不想去你家院子里玩"的歌词。

　　"咱们还得坚持多久啊？"哈维问曼纽尔。

　　"风浪稍小一些，就能下排钩了。也许就在今夜，也许还得等两天。你讨厌这种天气？什么，你说什么？"

　　"要是在上周，我肯定早就晕得昏天黑地了，不过这会儿我一切都好，没有任何反应。"

　　"那是因为这几天的锻炼，让你成长为一名渔夫啦。换作我，一回到格洛斯特，必然得去供上两三支蜡烛，求个好运。"

　　"供给谁呀？"

　　"当然是供给咱们山顶堂的圣母马利亚啦。她向来保佑渔民，所以我们葡萄牙人才很少被淹死。"

　　"这么说，你信天主教？"

　　"我来自马德拉群岛，而不是波多黎各。这么看的话，我是不是应该属于浸礼会教友？嗯，怎么说呢，我每次回格洛斯特，都要供两三支蜡烛，有时供得更多。仁慈的圣母马利亚始终对我照顾有加，曼纽尔。"

"我不这么看。"躺在铺上的汤姆·普拉特插嘴道。他叼着烟卷，划着一根火柴，带着疤痕的脸被照亮了。"我觉得是这么回事，大海就是大海，不管是供蜡烛还是点煤油，该有事还是有事。"

"可是，真到了末日审判的时候，有个熟人到底有好处，所以我赞成曼纽尔的想法。十年前，我在南波士顿的一条货船上做水手，一阵东北风刮来，我们就被刮离了米诺特岩，放眼望去，白浪滔天。那个时候，掌舵的老水手喝得酩酊大醉，下巴一下子就碰上了舵把子。我暗自想，要是船还能靠岸，我一定要让圣徒们见识见识，是什么样的船救了我的命。正如大家所见到的，我活了下来。而后，我花了一个月，给那条'卡瑟琳'号老破船做了个模型，并把它送给了神父，神父将其高高挂在了祭坛上。船模怎么说也是艺术品，所以我觉得供船模比供蜡烛有意思。蜡烛随处可买，但船模却能向善良的圣徒展示你耗费的心血，说明你的知恩图报。"高个子杰克说。

"爱尔兰人，你真信这些？"汤姆·普拉特以胳膊为支点，转过身来。

"俄亥俄大兵，要是不信，我会做这些吗？"

"唔，恩诺克·福勒曾做过一个老'俄亥俄'号的模型，现在就放在萨勒姆博物馆。那个船模做得特别好，可是我想着，要是为了供奉，恩诺克绝不会去做。要我说……"

就这样，渔民们碰到了感兴趣的话题，他们就这样聊了一个钟头。要不是丹哼起一首热情奔放的曲子，那么这次聊天就会沦为一场没有结果的争论。

花背鲭鱼水上跳，

收起主帆迎波涛，

风浪滔天天不好……

这个时候，高个子杰克接着唱道：

风浪滔天天不好，

水手齐把烟斗抄！

丹一边防着汤姆·普拉特，一边将手风琴放低，坐在铺上继续唱道：

呆笨的鳕鱼水上跳，

奔向主链把铅锤抛，

风浪滔天天不好。

汤姆·普拉特似乎是在找什么东西。丹将身子俯得更低了，声调却变高些：

比目鱼儿水上跳，

游来游去上岸了。

真是呆头又呆脑！

真是呆头又呆脑！

仔细哪里是水标！

汤姆·普拉特的大胶皮靴转着圈飞过前舱，正中丹扬起的胳膊。丹发现，只要在汤姆·普拉特扔深水砣的时候哼起这首小调，他就会发怒。自此之后，他们两个经常为此开战。

"真想叫你挂点儿彩！要是不爱听，就把你的小提琴拿出来。我可不愿意天天躺在铺上听你跟高个子杰克因为蜡烛之类的事情吵架。把小提琴拿出来，汤姆·普拉特，不然我就把这个小调教给哈维！"丹说着就把鞋子毫无偏差地丢了回去，准确无误地予以回击。

汤姆·普拉特弯下腰，将一把白色的旧小提琴从柜子里拿了出来。曼纽尔的眼睛闪烁着光彩，将一把他称之为莫切特的，长得像小号吉他的、带着金属线的乐器从绞盘刹杆后面的某个地方找了出来。

"这是要开音乐会呀，简直堪比波士顿的音乐会。"正在抽烟的高个子杰克笑盈盈地说。

舱门开了，浪花溅起，屈劳帕穿着黄油布雨衣进了船舱。

"狄斯柯，你来得真是时候，外边怎么样了？"

"老样子！"话音刚落，船猛地颠了一下，他一屁股蹲坐在了柜子上面。

"咱们唱唱歌，消消食。狄斯柯，你给开个头吧！"高个子杰克说。

"你们知道的，我就会唱那两首老歌。"

他还没说完推辞的话，汤姆·普拉特就拉起了一首伤感的曲子，那如泣如诉的曲调就像是桅杆在吱吱地响。屈劳帕目视着舱顶的横梁，哼起了一首古老的小曲，汤姆·普拉特和着他的小曲即兴演奏，总体还算合拍：

一艘轮船劈波斩浪名气大，

船从纽约远道来，大名叫作"无畏"号。

都说快船千千万，"燕尾""黑球"都还行，

别管它是哪一艘，"无畏"号都能打败它。

"无畏"号停泊在梅塞河，

出海要等拖船拉，

只要进入大海里，

便能知道它本领。

（合唱）

大船停在利物浦——主啊，放它过去吧。

"无畏"号鸣笛过浅滩，

纽芬兰大浅滩天也高来云也淡。

小小鱼儿水中游，

它们全都开了言：

（合唱）

大船停在利物浦——主啊，放它过去吧。

这首歌很长，内容都是"无畏"号从利物浦到纽约途中的事，他唱得尽心竭力，好像自己就站在那条船上。手风琴呜呜咽咽，小提琴吱吱呀呀地伴奏。接着，汤姆·普拉特又唱了一段《硬汉麦基恩进港》。后来，他们点名让哈维来一曲助助兴，这着实让哈维惊喜万分。只是，哈维只会《船长埃瑞森之旅》中的几个片段，这还是他在阿迪朗达克暑期学校时学会的，很适合现在的场景。可是，他才开始唱，屈劳帕就嘭嘭地跺着脚，喊道："停，小伙子，别唱了！这歌词就是一桩冤案，曲儿也不好听。"

"我早该告诉你，这是一首让我爸难过的歌曲。"丹说。

"什么意思？"哈维心中隐隐有些怒火。

"那首歌的歌词，从头错到了尾，根本就是捕风捉影，都是惠蒂尔的错。我并不是非得说马布尔黑德的人不好，但是埃瑞森的确没做错什么。事情的原委，父亲曾经多次跟我提起过。"屈劳帕说。

　　"你都快讲了一百回了。"高个子杰克嘟囔道。

　　"这件事发生在1812年战争之前，本·埃瑞森是'贝蒂'号的船长，那个时候他还是个小伙子，正从大浅滩往回走。可是，不论何时，对的就是对的。返航途中，他们和来自波特兰的以吉本斯为船长的'勤勉'号相遇了，那是在鳕鱼角灯塔一带，'勤勉'号发生了漏水事故。当时大风呼呼地刮着，'贝蒂'号上的船员们都想早点儿回家。埃瑞森对大家说，不能对海上遇险的船置之不理呀，可是船员们都不听。他又跟大家商量着说，在'勤勉'号旁边停泊，等风浪平静些再启航。可是，同船的人根本不听，他们觉得'勤勉'号是否漏水和自己无关，总之，不能在这种天气停在鳕鱼角一带。于是，船员们升起大三角帆离开了，埃瑞森自然也在船上一起走了。马布尔黑德那伙人大为光火，觉得埃瑞森袖手旁观。次日，风浪平息了（这大大出乎'贝蒂'号人的预料），一个特鲁罗人救了'勤勉'号上的船员。他们一到马布尔黑德，就对埃瑞森口诛笔伐，说家乡人的脸面都让他丢尽了。和埃瑞森同船的船员见犯了众怒，都有些害怕，索性将埃瑞森当成了替罪羊，说都是因为他反对才没有施救。不过，向埃瑞森身上泼柏油、粘鸡毛 [①] 的并非马布尔黑德的妇女，她们不屑于做这些事，倒是有一群男人和孩子，把他丢到了一条旧平底船上，绕着镇子游街，直到船底掉了才作罢。埃瑞森对众人说，迟早有一天，他们会后悔的。而后，真相大白于天下，只可惜对这位正直诚实的汉子来说，一切都晚了。再往后，惠蒂尔对这个满是假话的故事加以润色，写成了歌，再次往死去的埃瑞森身上泼了不少脏水。虽说惠蒂尔只犯了这一回错，但这对埃瑞森来说实在是太不公平了。丹上学时学了这首歌回来唱，挨了一顿胖揍。你以前不了解内情，不过，讲给你之后，你就要牢牢记住：本·埃瑞森不是惠蒂尔歌里唱的那种人。我父亲很了解埃瑞森的为人，知道这件事的来

---

① 一种惩罚手段，带有很强的侮辱性。

龙去脉。小伙子，可千万不能是非不分呀！再来一首吧！"

这是哈维第一次听屈劳帕说这么多话，他耷拉着脑袋，红着脸。丹赶忙打圆场说："学校教什么，学生就学什么，而且人之一生何其短暂，谁又能弄清楚每一则流言的真假呢。"

曼纽尔拿起那把已然走调的莫切特演奏了一首并不悦耳的乐曲，还用葡萄牙语演唱了一段《纯洁的尼娜》，并以扫弦弹出的高音作为结尾。随即，在众人的吆喝声中，屈劳帕唱起第二首歌，这首歌依然是叽叽嘎嘎的老调子，每段终了都是合唱。有一段歌词是：

　　四月过罢冰雪消，

　　离开新贝德福，我们将启航。

　　离开新贝德福，我们要出港，

　　咱们捕鲸船，何时见过麦穗黄。

唱到此处，小提琴低声独奏片刻，随后便是：

麦子要抽穗，花儿在心田开放；

麦子要抽穗，我们即将出海启航；

麦子要抽穗，勤劳的农民播种忙；

等我回来时，你已变成面包啦！

哈维听到这首曲子，几乎要哭了，但他并不知道其中缘故。更糟糕的是，就连厨子都把手里的土豆扔了，拿过小提琴，站在柜门处，拉起一首曲子，那曲子似是在诉说一件无论如何都躲不开的霉运。随后，他用一种没人听得懂的语言唱起歌来，宽下巴托在琴尾，明亮的眼睛在灯光下闪烁着光彩。哈维想要听清楚些，便钻出了床铺。在船身吱吱呀呀、海浪哗哗啦啦的背景音下，那曲子听来越发如怨如诉，就像是漫天大雾中的波浪声，最终，一声悲叹，曲子结束。

"唔，上帝呀！这首歌真是让我心里发酸。这到底是首什么曲子？"丹问。

"芬·麦科尔在去挪威的路上，唱了这首歌。"厨子说。他说英语时口齿清楚，一字一句，就像是留声机发出的声音似的。

"坦率地讲，我也曾去过挪威，不过并未唱过这种伤感的调子。听起来像是老歌。"高个子杰克说。

"我们不听这种歌啦，来首其他类型的。"丹说完，一首轻松欢快的曲调就从小提琴的琴弦上流淌而出，并唱道：

上次离岸是二十六周前，

一千五百担鱼儿装满了船，

一千五百担鱼儿装满船，

穿过老奎洛，来到大浅滩。

"别唱啦！你这完全是在诅咒咱们的出海行动！这首歌就是约拿，至少得等咱们用完腌鱼的盐再唱。"汤姆·普拉特大吼道。

"不……我不是这个意思。爸，你说句话呀！不唱最后一段就行，为什么要用'约拿'说事！"

"什么意思？'约拿'是谁？"哈维问。

"约拿就是霉运，他时而是个成人，时而是个小孩，时而是个木桶。剖鱼刀也可能是约拿，我们出海两次，才发觉的。约拿可能以一个钟的形态存在着，吉姆·伯克就是其中之一，最后，他淹死在了乔治浅滩。因此，我就算饿死，也绝对不会和吉姆·伯克同上一条船。'以斯拉'号上有一只平底船，也是约拿，而且是最不吉利的约拿。它曾害得四个水手被淹死，夜里吊在大船上的时候，它还会发光。"汤姆·普拉特说。

"你们相信这些？你以前不是说，遇到的一切皆是命运的安排吗？"哈维想起汤姆·普拉特曾经提到的关于蜡烛和船模的话题，于是问道。

躺在床上的人们纷纷反驳起来，屈劳帕说："在岸上可以不信，在船上不得不信。小伙子，千万别不把约拿当回事。"

"得了吧，哈维又不是约拿。救他上船的第二天，咱们就大丰收了。"丹插了一句。

厨子猛地抬起头，大笑起来，那笑声很尖利，让人不太舒服。

"真是太吓人了！大师傅，别这么笑啦，真受不了。"高个子杰克抗议道。

"我又没说错！救他上船之后，收获那么大，他怎么不是福星？"丹说。

"嗯，你说得没错，可捕鱼事业还未结束，不是吗？"厨子说。

"就算是以后，他也不会妨碍咱们！你到底想说什么呀？他是无辜的！"丹气鼓鼓地说。

"无辜的，是呀。可是，终归有那么一天，他会成为你的主子，丹。"

"就这？不会的，肯定不会。"丹不以为然道。

"主子！"厨子指着哈维，随即又指向丹，"奴才！"

"真是有意思呀，什么时候能成真？"丹气极而笑。

"我看终归有那么一天。主子和奴才，奴才和主子。"

"你是怎么看出来的？"汤姆·普拉特问。

"从我脑袋里，从我脑袋里看见的。"

"怎么看？"大家不约而同地问道。

"我也说不清楚，但的确看见了。"他说完就垂头继续削起了土豆皮，绝不再开口。

"得了吧，谁知道哈维在成为我'主子'之前还得遭遇些什么呀。不过，唯一值得欣慰的是，大师傅没说哈维是'约拿'。看萨尔特斯叔叔的经历运势，我倒觉得船队里最像'约拿'的就是他。不过，就算这句话如天花般传遍，我都不会相信。从这个角度来说，最应该待在'嘉理·皮特曼'号上的是他。那条船才是真正的'约拿'，没错，就算船员换了，装备换了，它还是会偏航。上帝呀，就算是风平浪静，它都会抛锚。"丹自顾自地说。

"不管怎么说，咱们总算是把'嘉理·皮特曼'号之类的船甩远了。"屈劳帕话音刚落，甲板上就传来了拍打声。

屈劳帕去了甲板上，丹说："萨尔特斯叔叔撞大运啦。"

"风起雾散！"屈劳帕大喊道，所有人都爬到了甲板上，呼吸着新鲜空气。浓雾散去，灰色海面上的滔天大浪席卷而来。"四海为家"号像平时那样，滑入了一道又长又深的浪谷中去。如果这浪谷是静止的，大抵会让人产生一种回家般的安全感。然而，浪谷无休无止，毫不留情，很快就把双桅帆船抛上了那如万峰耸立一般的灰色浪峰之巅。风在索具间呼呼地吹，船晃悠悠地跌落而下。远处的海面上掀起了一片泡沫，就像是某种信号似的，引得海面上的浪花不停地翻滚着，最终和灰白相间的海水融为一体，看得哈维目眩神摇。船头掠过四五只海燕，它们在海面上尖叫、盘旋。一阵雨在茫茫大海上漫不经心地游荡着，时而裹风前进，时而被风吹回，最终再无踪影。

"我刚刚似乎看到那边闪过了个什么东西。"萨尔特斯叔叔指着东北方说道。

"或许是船队的船。"屈劳帕双眉紧蹙，凝神细看。就在这个时候，坚实的船头像一把利剑似的插入浪谷，他赶忙扶住了前舱的梯子。"风急浪大，丹，赶紧去桅杆上看看排钩怎么样了，快点！"

丹脚蹬大靴子如履平地似的上了主索（哈维艳羡不已），盘在晃动不已的桅顶横桁上，环顾四周，看到了漂泊于一英里之外浪尖上的浮标小旗。

"浮标没问题！有船，正北方向，也是一条双桅帆船。"丹喊道。

半个钟头之后，天空开始放晴，无精打采的太阳时而露个脸，在橄榄绿色的海面上映出点点光斑。突然，一根桅杆从海面上的波浪里露了出来，随即又伏下不见；一个浪头过后，又露出了一截高高撅起的船尾，还有一根老式的吊艇架，船帆是那种在风和太阳的锤炼下才有的红色。

"是法国人的船！不，不太像，爸！"丹大叫道。

"那不是法国人的船。萨尔特斯，你被霉运缠身啦，简直比桶盖上的螺丝还紧。"屈劳帕吼道。

"我看清楚啦，是阿比歇舅舅。"

"嗯，说得一点不错。"

"真是约拿里的祖师爷。"汤姆·普拉特嘟囔道，"唉，萨尔特斯，萨尔特斯，你怎么不在床上躺着睡觉啦？"

"我能说点什么呀？"萨尔特斯可怜巴巴地望着那艘颠颠簸簸行驶而来的船说。

这船正是所有绳子和桅杆都脏乱不堪的"飞翔的荷兰人"号。四五英尺高的老式后甲板，缠作一团的就像码头角落里丛生杂草一样的绳索。在风力的推动下，这艘船偏航向前，几乎要吓死人了。被称为"丢人帆"的支索帆向下耷拉着，宛若一张多余的前桅帆。前桅帆杆用支索绑在船边上，船头斜椴向上高高翘起，跟老式的木制快帆船一样。它的船头斜帆杆上加了箍，用绳子绑，用钉子钉，已经无法再修了。它拖着身子向前走，宽大的船尾拖着高高翘起的船头，就像是一个邋邋遢遢、心狠手辣的老太婆在取笑一位稳重大方的姑娘。

"就是阿比歇舅舅，那个船上都是酒，还有一群小混混。普罗维登斯的法官一直在查办他们，可始终没抓到人。他们这是要去密克隆岛捕鱼。"萨尔特斯说。

"翻船是迟早的事儿，船上的绳索根本禁不住这种天气。"高个子杰克说。

"不会的，要翻早翻啦，我看他们倒是算计着先把咱们撞翻。汤姆·普拉特，你看它船头的吃水是不是有点儿不对劲儿？"屈劳帕说。

"装货装成这样，确实危险。要是塞船缝的麻絮掉了，就得赶紧打开水泵才行。"老水手普拉特不急不慌地说。

那船迎着风，摇摇摆摆地驶来，船上吱吱嘎嘎的颠簸声，清晰可闻。

一个白胡子老头在船舷上晃动着，他扯着嗓子说了什么，可惜哈维根本无法听清那浑浊嗓音说的神秘内容。然而，屈劳帕却脸色一变，说："真是老不省心的，自己的船都要散架了，还顾着提醒咱们的船被风刮得重心不稳，也不看看自己的船多糟糕！阿比歇！阿比歇啊！"他举起胳膊，用手比着操作水泵的动作，又伸手指了指前方。那艘船上的人模仿着他的动作，笑作一团。

"浪颠簸你们，风吹烂你们的帆，把你们的船吹得底朝天！大风吹啊，大风吹啊！把你们这群格洛斯特黑线鳕的船掀个底朝天。这是你们最后一程，你们再也回不了格洛斯特啦，再也回不去啦！"阿比歇大叫道。

"真是个疯子，死性不改的疯子。但愿他别一直跟着咱们。"汤姆·普拉特说。

白胡子老头又叫喊了一番，说的好像是水牛湾跳舞还有前舱里有尸体之类的。船渐行渐远，再听不清了。哈维见识过那艘船脏乱不堪的甲板还有凶态毕现的水手，禁不住打了个冷战。

"吃水不深到底是跑得快，真不知道他上了岸会干什么坏事。"高个子杰克说。

"那是一艘排钩船，总是在沿海的家乡一带走走停停，哦，不对，他从不回家，只在东南沿海做生意。"丹一边向哈维解释，一边冲着险象环生的纽芬兰海滩方向点点头，"爸爸以前带我去那边，那群人简直就是凶狠的无赖，阿比歇是这里最凶狠最无赖的。你见识过他的船了，对吧？听人说，那艘船已经七十多年啦，是马布尔黑德唯一一艘古董船。现在，人们早就不造那种后甲板啦。不过，马布尔黑德的人并不欢迎他，所以他从不到那里去。如你所见所闻，他只是在海上来来回回地飘荡，借债赊账，下排钩，咒骂别人。这么多年来，他一直都是约拿。从酒贩子船上买些酒，喝完之后，咒骂几句刮风或是下雨。我觉得他应该是疯了。"

"就是今晚下排钩也没什么意义，他靠上来就是为了诅咒咱们。要是'俄亥俄'号还没废除鞭刑，我敢以我的工资和分红做赌注，他肯定会被吊在舷梯上，萨姆·马卡塔根本不用六七十鞭，就能送他下地狱！"汤姆·普拉特略显无奈道。

在众人的目送下，那条即将散架的古董船像是醉酒般一路顺风漂流。厨子猛地用他那宛如留声机一样嗓音大喊：
"他说这种话完全是找死！要我说，他死定啦！死定啦！你
们看！"那船驶进了三四英里之外的，被惨淡阳光照着的那
片水域。光线渐渐暗淡，直至消失不见，双桅帆船也消失不
见了——它坠入漩涡之中，消失了。

"船被卷进'大绞盘'里了！不管他们到底是不是喝
醉了，咱们都得去救。起锚，出发！快点！"屈劳帕大喊着，
跳向船尾。

三角帆和前桅帆很快就升了起来，为了和时间赛跑，
他们硬是拉进缆绳拔起了海底的船锚，一边开着船一边起锚。
船身猛然一震，哈维一屁股蹲在了甲板上。若非生死攸关的
时刻，大家这股蛮劲是用不到的，小小的"四海为家"号像
人一样呻吟着。他们赶到阿比歇的船消失的海域，只看到了
两三个装排钩的桶、一个酒瓶，还有一条细长的平底船。"不
要管那些东西了。"屈劳帕说。其实，大家原本也没有捞这
些东西的想法。"阿比歇船上的物件，就算是一根火柴棍儿
我都不想要。或许它已经沉底了。估计塞船缝的麻絮都掉了
一周啦，他们都没想着抽水。从此之后，海底又有了一条满

载醉鬼离港的船。"

"上帝呀！要是船还在水面上，咱们怎么也不能见死不救。"高个子杰克说。

"我同意你的说法。"汤姆·普拉特说。

"必死无疑！必死无疑！他耗尽了自己的运气。"厨子眼睛滴溜溜地转着说。

"等见了船队，把这件事一讲，大家肯定拍手称快。你们说是不是？要是一路顺风而行，船缝儿还进水……"曼纽尔边说边摊开双手，意思是不知道接下来该怎么说。宾坐在舱房顶上抽噎着，这一幕，既让他无比害怕，又让他心生怜悯。在茫茫大海上亲眼看到一场死亡，哈维有些恍惚，心中异常难受。

丹爬上了桅顶的横桁，屈劳帕转变方向，趁着海面还未被浓雾遮住，回到了鱼标周围。

"咱们的船速还是可以的！小伙子，好好想想吧，还不是因为水里有酒。"屈劳帕对哈维说。

晚饭后，大海风平浪静，甚至可以在甲板上钓鱼。宾和萨尔特斯叔叔非常卖力，钓上来许多大鱼。

"阿比歇真是把霉运全带走了，不刮大风了，当然也没停。不知道排钩怎么样啦？总之我不崇尚迷信。"萨尔特斯说。

　　汤姆·普拉特坚持拉起排钩，换个地方停船。厨子却说："福和祸都是相伴的，事实会证明一切，我知道这事。"这话让高个子杰克汗毛倒立，他和汤姆·普拉特两个一起收排钩去了。

　　收排钩就是把排钩从平底船的一侧拉上船，摘下钩子上面的鱼，重新装上鱼饵，再放回大海，就像是把晾衣绳上的衣物挂上去再收下来。这个活儿不仅繁琐，而且危险，因为水里的钓线特别长，很有可能会缠住平底船，并将其拉下水。不过，当"船长啊，向你致敬"的歌声从浓雾中传来，"四海为家"号上的水手们便放心了。满载的平底船在大船旁边打着转，汤姆·普拉特让曼纽尔赶紧划船接应。

　　"福和祸果然是相伴的。"高个子杰克一边往大船上叉鱼一边说。船员们平稳地放下平底船的技巧让哈维目瞪口呆。"汤姆·普拉特看见一半是'南瓜'就想撂挑子，可是我反对道：'得听大师傅的，回去看看。'果然，另一半拽上来，都是沉甸甸的大鱼。曼纽尔，赶紧的，带桶饵过来，今晚有好运。"

才装上新鱼饵，鱼儿便争着来咬了。汤姆·普拉持和高个子杰克按照顺序收起排钩，再一一放下。沉沉的钓线压得小船上下颠簸，他们摘下那些被称为"南瓜"的海参，在船边上将新上钩的鳕鱼取下来，重新装上鱼饵，再把鱼装上曼纽尔的小船，直至黑夜降临。

"我可不愿意冒险，那艘沉船离这儿不远，漂来漂去，至少得一周时间才能沉底。把平底船收上去吧，吃过晚饭就收拾鱼。"屈劳帕说。

大家干劲儿十足，一直忙到了九点钟，其间，还有三四头逆戟鲸喷着水柱过来凑趣。哈维将收拾好的鱼扔进底舱，听见屈劳帕哧哧地笑了数次。

"我看你进步很大呀！对于今晚发生在海上的事情，竟然没有说什么。"老水手们回舱之后，丹磨着刀对哈维说。

"忙都忙不过来，哪有时间说话。现在想来，大海真是喜怒无常。"哈维拭着刀刃说。

小双桅帆船在银光点点的大海里围着船锚嬉闹。看到绷紧的锚缆，小船似乎吃了一惊，先是退了几步，然后便像小猫一样扑了上去，船身落水，四溅的水花冲进锚链孔，发出"砰"的一声响。小船摇着头，像是在说："哎呀，真是抱歉，我要去北边啦，没法跟你玩儿啦。"它刚要离开，却又猛地停下，绳索吱呀作响。"我倒要好好看一看。"那样子，活像是个醉酒之人郑重其事地跟路灯杆说话。此后的许多话被一阵烦恼堵了回去（这些当然是用哑剧形式表现出来的）。它还像一只咬着绳子的小狗，像一位侧身坐在马背上的村妇，像一只被砍去脑袋的母鸡，像一头被大黄蜂蜇了的母牛，任由大海随意摆布。

"这会儿它就是帕特里克·亨利，正在自说自话。"丹说。

一个浪头打来，"四海为家"号被荡了出去，船头三角帆的帆杆从左舷转到右舷，很像是在打手势。

"于我而言，不自由，毋宁死！"

哗啦！船儿蹲坐在月光下的浪谷之中，沾沾自喜地行了一个屈膝礼。若非舵轮箱中齿轮的吱嘎窃笑，这个动作还真算得上讲究。

哈维笑作一团，说："哎哟，你真是把它说活了。"

"它沉稳如家，坚固如梁。"就在丹兴致勃勃地演讲时，一个浪头将他推到了甲板的另一侧。"它这是在说：'叫他们离我远点儿，别靠近！'看呀，快看！你真该看看这条'牙签船'是怎么把锚从十五英寻深的大海之中弄上来的。"

"丹，什么是'牙签船'？"

"就是那些新型的，专门用来捕捞黑线鳕和鲱鱼的船，它们的船头漂亮如游艇，还有斜桁，船尾也和游艇一样，舱房宽敞得很，比咱们的底舱大多了。伯吉斯曾亲口对我说，他做过三四个这种船模。我爸说这样的船过于颠簸，所以不喜欢，可是这种船可是能挣很多钱的。我爸会找鱼，但他的理念不行，根本跟不上时代潮流。那种船上有各种装置，打鱼时根本费不了多少力气。见过格洛斯特的'选举人'号没有，在'牙签船'中，它也算是数一数二的。"

"买这种船需要多少钱？"

"大概一万五千美金，或许更多。这种船简直是拿金子堆的，要多贵有多贵。"丹说到这里，不禁嘟囔道，"要是我有一条这样的船，一定要将它命名为'哈蒂·埃斯'号。"

第五章

　　丹原意把他那条平底船的名字让给那艘仿照伯吉斯船模造出来的船，他向哈维说起了这样做的原因，这是他们第一次谈论这个话题。哈蒂其实是一位女孩的名字，这个女孩来自格罗萨斯脱，丹说了很多和她有关的事情。哈维甚至见到了她的一缕秀发以及一张照片。某年冬天，丹坐在女孩身后，"偷"来了她的一缕秀发，丹觉得她真是美得不可方物。那年，哈蒂约摸着十四岁左右，对所有男孩都爱答不理，因此丹在那个冬天简直伤透了心。在哈维郑重其事地保证会严格保密之后，丹才诚恳地向他倾吐了自己的心声。这些对话有些发生在月光下的甲板上，有些发生在漆黑的夜里，有些发生在让人喘不上气的浓雾之中，身后是呜咽的舵轮，面前是海浪冲击的甲板，脚下是波涛滚滚的大海。他们渐渐成为亲密无间的好友，尽管如此，有一回他们还是动了手，从船头一直打到船尾，最后还是在宾的劝解下才住了手。宾应允不会将此事上报屈劳帕，因为在屈劳帕看来，在值班期间打架远比睡觉恶劣得多。哈维的体力不如丹，不过近期在船上的劳动也并没有白干，他并未采取不光彩的手段和丹较量，而是输得心服口服。

"打架事件"发生在哈维胳膊肘和手腕上的疖子痊愈之后，潮湿的羊毛衫还有油布弄破了皮肤，因此便长了疖子，一碰到海水，便会疼痛难忍。疖子长熟之后，丹用屈劳帕的剃刀将疖子弄破，并表示，哈维如今已经成了地地道道的纽芬兰大浅滩捕鱼人，而身上的疥疮正是他受到大家认可的标记。

他只是个孩子，天天忙着干活，所以并没有太多让他牵肠挂肚的事。只是常常对母亲心存愧疚，并常常想念她，很想跟母亲讲讲自己别开生面的全新生活，让她知道自己的优异表现。而且，他不希望母亲时时因为自己的下落不明而深受打击。有一天，哈维站在前舱的梯子上和厨师开玩笑，厨师非说是他和丹"偷"了他做的煎饼。此情此景，哈维的脑海中不禁浮现出了包租班轮上吸烟室里那群人的冷漠面孔。两相对比，真是天差地别。

如今，他已经得到了"四海为家"号上水手们的认可，能够参与这里的所有事：饭桌上有他的座位，舱房中有他的床铺。碰到暴风雨，他也可以和大家一起随心所欲地闲聊，尽管他说的事情大家都认为是"童话"，但还是很愿意听他说说岸上的生活。没多久，他便发现，除了丹，几乎没人相信他所说起的那些恍如隔世的生活，就连丹也是在各种寻根究底之后才将信将疑。所以，每当他说起这些，便会说这是自己的一个朋友，这个朋友会在俄亥俄的托莱多驾一辆小巧的双层马车，马车由四匹小马拉着，他还会一次定做五套衣裳，在舞会上跳德国华尔兹，出席舞会的女孩们都不到十五岁，而且全都披金戴银。萨尔特斯叔叔反驳说，就算这种编造算不得亵渎神明，最起码也是有违天理，可实际上，他和大家一样，听得兴致勃勃。哈维从他们在听完故事之后的评价中，获得了对德国华尔兹舞会、衣裳、金叶嘴香烟、戒指、怀表、香水、小宴会、香槟、牌局、旅馆设施的全新认知。因此，在提及那位朋友时，他的语调慢慢发生了改变。杰克给他那位朋友起了很多外号，譬如"傻小子""镀金娃娃""没断奶的大傻瓜"等。哈维将穿着胶靴的脚翘在桌子上，然后编造些丝绸睡衣，或者专门从外国进口围巾之类的故事，将那位朋友编排得没有一点可取之处。哈维其实有很强的适应能力，目光敏锐，听觉灵敏，善于看人脸色，能准确地听出大家的弦外之音。

　　不久之后，哈维就弄清楚了，在屈劳帕的枕头底下，放着一个生了锈的铜质旧象限仪。每当他测量太阳位置，并翻越老农历书查看纬度时，哈维就会跳到船舱里，用钉子在锈迹斑斑的厨房烟囱上画上船的位置还有日期。现在，就连班轮上的机械师都比不了他，他总会摆出一副老水手的姿态，先万分谨慎地吐口唾沫，再宣布双桅船的方位。那种拿腔作势的派头，就连有着三十年工作经验的机械师也很难达到。从那以后，他就接过了屈劳帕的象限仪。当然，这些都符合规矩。

　　上面提及的象限仪、埃尔里奇航海图、老农历书、勃伦特的《沿海航行指南》以及鲍迪奇的《船舶驾驶员》，全都是屈劳帕传给他的，除此之外，还有被称为"第三只眼"的、用以测量深度的测深锤。汤姆·普拉特第一次教哈维飞"蓝鸽"的时候，哈维差点把宾砸死。虽然他现在的力气还不足以承担在复杂海域连续测深的重任，但是，每当风平浪静时，屈劳帕还是会让他拿着七磅重的测深锤测量浅滩的水深。正如丹所言："其实我爸对水深并没有兴趣，他只是用这种方法来看看上面会粘些什么东西。哈维，记得多涂些油脂。"哈维将油脂涂在锤底的凹坑里，然后将粘在锤子上的沙子、贝壳、淤泥还有其他杂物小心翼翼地取下来，全都交到屈劳帕手里。屈劳帕用手指摸一摸，拿到鼻子旁闻一闻，便能做出判断。正如前面所说，屈劳帕想到鳕鱼时，就会如鳕鱼般思考。正是靠着久经考验的直觉和经验，才让他带着"四海为家"号由一处停泊到另一处，且每每捕捞上大量的鱼，这就像是棋艺高超的人就算不看棋盘，也能下得游刃有余。

这片三角形的大浅滩就是屈劳帕的棋盘，这是一片边长二百五十英里，时而波涛汹涌、时而狂风呼啸、时而浓雾滚滚、时而浮冰作祟的茫茫大海。在这里，既有可能碰到横行无忌的班轮，也有可能和星罗棋布的捕鱼船相遇。

　　他们在浓雾中干了几天，哈维负责敲钟，直到适应了这种浓雾，才心惊胆战地和汤姆·普拉特一起出去捕鱼。雾并未散去，鱼却不停地咬钩，任谁都很难忍受在这样的环境里一连工作六个钟头。哈维全神贯注地掌管渔线，并用鱼叉将鱼弄上船，汤姆·普拉特称之为"水兵棍"。在汤姆的直觉以及钟声的指引下，他俩总算划着平底船回到了双桅船。此时，他们依稀听到了曼纽尔吹起的海螺声。这次经历非比寻常，这是这个月哈维第一次恍然意识到平底船四周的腾腾雾气在水面上变化移动，渔线仿佛凭空消失了一样。他努力去看，最多只能看到方圆十英尺的范围，雾气正渐渐消失于海面。数天之后，哈维和曼纽尔一起去往水深四十寻的海域，谁承想，铁锚下到四十寻的位置仍未触底，这让哈维十分担心，他不由觉得自己和大地的最后一丝联系也被切断了。"是鲸鱼洞，这回真是屈劳帕看走眼了，快！"曼纽尔边说边收起了铁锚，他们划着平底船回到双桅船时，汤姆·普拉特正跟其他人一起开船长的玩笑，说他失算啦，竟然让平底船去了深不见底的鲸鱼洞，那可是纽芬兰大浅滩的深水区。在茫茫迷雾中，他们再次找到一个停泊地，可这回，哈维跟着曼纽尔去小船的时候，竟被吓得毛骨悚然。浓浓的白雾中飘着一个影子，阴森恐怖地喘息着，海上一声轰鸣，便颠簸起伏地溅起了水花。这是哈维第一次见到纽芬兰大浅滩的夏日冰山，他吓得趴在船底不停发抖。为此，不知被曼纽尔嘲笑了多久。有几天，风和日暖，晴空万里。在这样的日子里，似乎不论干什么都是一种罪过，只能懒洋洋地抛下钓鱼线，举起船桨拍碎水上的浮光。还有几天，雾气不浓，哈维便学起了怎样驾驶双桅船由一个停泊地前往另一个停泊地。

哈维手握舵轮，看前帆在蓝天的映衬下像一把长柄大镰刀似的摆动着，生平第一次让龙骨在自己的指挥下滑过长长的浪谷，不由得激动万分。这感觉让人热血沸腾，尽管屈劳帕并没有十分满意，还说如果船后尾有波蛇跟随，那它早就被弄死啦。船上升起的是支索帆，哈维想向丹展示一下自己挥洒自如的技术，就将帆升到了顶。不料前帆"砰"的一声扫过来，前斜杠直直地戳进了支索帆，一下子戳了个大窟窿，好在有主桅杆挡着，才没造成严重后果。在让人害怕的沉默中，众人降下被戳破的支索帆。此后数天，哈维一有空闲便会跟随汤姆·普拉特学习怎样用针线和顶针来补帆。丹却高兴极了，因为他以前也常犯这种错。

哈维和这个年纪的男孩子有着同样的爱好，那就是模仿大家的动作。后来，不论是屈劳帕俯着身子掌控舵轮的特殊姿势，还是杰克将渔线举过头顶挥舞的动作，抑或是曼纽尔挥动胳膊用力划船的身法，或者汤姆·普拉特在甲板上跨着"俄亥俄"号式方步的走姿，都被他模仿得活灵活现。

"看他学咱们还挺有意思的。"在一个雾气浓重的中午，看到哈维站在卷扬机旁边望向大海时，杰克如是说，"或许他不是为了玩儿，而是觉得自己已经是一名勇敢的水手啦！看看他的腰板就知道了，我以我的工资和分红做赌注！"

"大家都经历过这些。男孩总是喜欢装大人，直到他们自己都相信自己已然是男子汉大丈夫，直到他们垂垂老矣，还在装着。我在'俄亥俄'号上时就是这样的，所以我很清楚。想当初第一次在港口值班，我就觉得自己简直比法勒盖德还在行。丹的想法也不外乎如此。你看他们的动作，简直就是地地道道的日内瓦绿毛龟和地道的斯德哥尔摩水兵①。"汤姆·普拉特说完略微停顿了一下，转向舱房扶梯说道，"屈劳帕，我看你这会儿又判断失误啦。你一直说那个孩子脑子有问题，到底是怎么回事？"

"的确有过问题，刚上船的时候简直就是个不谙世事的愣头青。不过，后来在我的调教下，还是清醒过来了。"屈劳帕回答道。

"他特别擅长讲故事，有天晚上，他跟我们讲了一个故事，说是他的一个年纪相仿的朋友，驾一辆四匹小马拉着的小巧精致的双层马车，在托莱多和俄亥俄满街游逛，还请了一大群差不多年纪的孩子吃饭。他讲得就像是童话故事，特别有意思。这样的故事，在他肚子里有很多。"汤姆·普拉特说。

"这种事都是瞎编的，根本不合情理。除了丹根本没人相信，就连丹也是半信半疑，我听见他背着人嘀咕过。"

---

① 两种常常用来形容水手的说法。

正在舱房里记航海日志的屈劳帕大声说道。

"你们有没有听过西蒙·彼得·卡德翁的故事，人家硬是把他妹妹希蒂和劳林·杰拉尔德凑成了一家子，这难道也是小孩子编故事故意寻乔治一家人的开心？"站在右舷下风处安置平底船的地方，身上流着汗的萨尔特斯叔叔拖着长腔问道。

正在抽烟的汤姆·普拉特根本不想理会，身为科特角人的他，在二十多年前就听说过这个故事啦。萨尔特斯叔叔情不自禁地笑了起来，然后再次开口道：

"西蒙·彼得·卡德翁对劳林说：'洛林这个人不仅愚蠢，而且喜欢花天酒地。他们对我说，我妹妹嫁了个有钱人。'西蒙·彼得·卡德翁说话向来这般百无禁忌。"

"他说荷兰话可没有宾夕法尼亚口音，这个故事最好还是让科特角人讲。卡德翁一家的先祖可是吉卜赛人。"汤姆·普拉特反驳道。

"的确，我承认我的口才并不出众，但我说这些只是为了把道理讲明白。咱们哈维不就是这种人吗？既愚蠢，又行为古怪，竟然还真有人信他是个有钱人。"萨尔特斯叔叔说。

"你们有没有想过，要是咱们船上全都是萨尔特斯这样的水手，那大家一起出海得多快活呀！借用卡德翁的话来说，那是又会犁地，又会施肥，最后竟然成了渔夫！"杰克说。

后来，大家开了很久萨尔特斯的玩笑，简直高兴极了。

屈劳帕没有说话，航海日志上留下了他那瘦长工整的字迹，一页页早已被水渍弄皱的纸张上面记录着下述内容：

七月十七日，大雾，鱼不多。向北停泊。无事。

七月十八日，一早便有大雾，捕了几条鱼。

七月十九日，一早便有风力很小的东北风，天气晴朗。向东停泊。捕了很多鱼。

七月二十日，安息日，白天有雾，微风。无事。

这个礼拜一共捕鱼3478条。

周日是休息日，若是天气不错，他们就会刮刮胡子洗个澡，宾会唱几首赞美诗。有一两次，他还提议说，只要大家不反对，他也可以布道。萨尔特斯听他这样说，几乎就差扑过去掐他了，他只能呵斥道："你又不是牧师，为什么要想这些事。"随即转向大家说，"要是他想起了约翰镇，可怎么办呀？"萨尔特斯很着急。于是，大家只好同意让他大声朗读一本名为《约瑟篇》的书。那本书很旧很大，封面是皮质的，带着上百次航海的气息，特别厚实，很像《圣经》，不过内容尽是些战斗、围城，他们基本上全看过。除了这个时候，宾基本上不怎么言语。有时他竟然两三天都不说一句话，不过，他还是会参与下棋听歌等活动，听人讲了笑话，也会笑一笑。大家鼓励他讲故事的时候，他总是说："我不是孤僻，只是真的没什么故事可讲。我的脑子很空，连自己叫什么都记不得了。"每当这时，他就会转过头去对萨尔特斯叔叔憨憨一笑，希望他能替自己解围。

"你叫宾夕法尼亚·勃勒特呀，下次不会连我的名字都记不住了吧！"萨尔特斯嚷嚷道。

"不会，绝对不会。"宾说完之后，就会紧紧闭上嘴，有的时候也会来来回回地重复自己的名字："是的，我叫宾夕法尼亚·勃勒特。"有的时候，倒是萨尔特斯记不起来，一会儿喊他"哈斯京斯"，一会儿又说他叫"里奇"或者"马克维蒂"，宾从不生气，随便他喊哪个名字，宾都很满意。宾向来疼爱且怜悯哈维，始终将其视为一个神智错乱、与父母走散的孩子。萨尔特斯见到这种情况，一颗悬着的心总算放了下来。萨尔特斯叔叔并非和蔼可亲之人，一向以让孩子们遵守规矩为己任。某个风平浪静的日子，哈维战栗着第一次爬上了主桅杆的顶部（丹始终跟在他身后，以便随时提供帮助），将萨尔特斯的大海靴挂到了上面。要知道，若是这一幕周围的双桅船看见，那萨尔特斯的洋相可就出大了。不过，面对屈劳帕，哈维却始终毕恭毕敬。就算这位老水手并未直接向他发布命令，而是用平常的语气对他说："你是不是想找点事干？"抑或是："我看你还是应该干点活。"他也丝毫不敢怠慢。仿佛在这位年轻人眼中，那位老水手剃光胡子后干净的脸和嘴，以及布满皱纹的眼角，都有一种毋庸置疑的震慑作用。

屈劳帕拿出那张被翻阅无数次，上面有着无数图钉孔的航海图，对哈维说这张图的意义多么重大，任何国家出版的航海图都比不了。他还拿着铅笔，将整个纽芬兰浅滩的所有停泊地——里哈佛尔、西部湾、彭克洛、圣·彼埃尔、格林湾还有纽芬兰大浅滩，一一指给哈维看，与此同时，他还会把和鳕鱼有关的经验告诉哈维，并给他讲解测向仪的工作原理。

哈维遗传了父亲计算及获取信息的天分，所以在这一领域，他的本领比丹强。只要向着纽芬兰浅滩上惨淡的太阳看上一眼，他那过人的智慧便会让他准确洞察到当时的天气状况。不过，在其他方面，年龄成了他的绊脚石。正如屈劳帕所言，他的航海生涯本应开始于十岁。丹能做到摸黑儿为排钩装饵，而且想抓的绳子总是一抓一个准；萨尔特斯叔叔就算手上生疮，也能在根据触感收拾鱼下舱。在风里，屈劳帕可以仅凭风吹在脸上的感觉驾驶船只，把"四海为家"号带到刚好吃风的地方。他做这些全都是习惯使然，就像在调节索具、划动平底船时，完全不需要思考，而是靠着潜意识的感觉判断。因此，他根本没有办法把这些教给哈维。

碰上暴风雨，他们或者在前舱躺着，或者在舱房的柜子上坐着，聊一些关于双桅船的常识。说话的间隙，便能听见吊环螺栓、铅锤还有铁环备件滚来滚去的声音。屈劳帕曾提起过在 1950 年左右捕鲸的故事，巨大的母鲸在其幼崽面前惨遭宰杀，在黑漆漆的海浪里垂死挣扎，鲜血喷出足有四十英尺高；还说起平底船如何被撞得粉碎；炸鲸鱼的火箭弄错了方向，朝后方窜去，在瑟瑟发抖的水手中间炸开。其间，还穿插讲到了 1871 年寒潮时的往事，三言两语地提及一千两百多人被困在冰天雪地中足足三天是怎样恐怖。这些故事那么真实，那么具有感染力。不过，关于鳕鱼的部分才是最精彩的，他说起鳕鱼在船下的深水里是怎样争论不休时，简直绘声绘色。

　　杰克对某些神乎其神的故事更感兴趣，他一讲起鬼怪故事，大家就会被吓得不敢吭声。诸如摩诺莫依海滩上专门捉孤独的挖蛤蜊人的"哼嗬鬼"啦，还有因为未能得到妥善安葬而在沙滩沙丘一带出没的鬼魂啦，还有基德手下那些阴魂在火岛上守卫宝藏啦，船在浓雾中行驶竟然没缘由地向屈罗洛乡奔去啦，以及缅因州某个只有外乡人能够找到上次抛锚地方的港口，原因就在于那些离世的水手时常在深更半夜驾着船头放着铁锚的老式小船，在港口周围划动，一边划船一边长啸——是长啸不是大喊，纠缠那些打扰他们安宁的抛锚人。

哈维记得，在家乡的东海岸、德塞特峰以南地区，人们特别喜欢骑着马去避暑。避暑时往往就住在铺着硬木地板、挂着门帘的乡间别墅里。一个月前，他对这种鬼故事还嗤之以鼻，可是如今听了，却是呆坐在那里，吓得瑟瑟发抖。

汤姆·普拉特最喜欢说的是"俄亥俄"号绕着合恩角航行的故事。那个时候，还保留着鞭刑，他们有一支舰队，当然，这只舰队已经如毛里求斯的渡渡鸟一样在南北大战中全军覆灭了。他向大家讲起火红的炮弹击中船上大炮，以及他们和其中一颗只隔着一块小小的湿泥。那些炮弹冒着烟，"嘶嘶嘶"地钻进了甲板，"密斯杰姆巴克"号上有个水手一边往炮弹上泼着水，一边冲着炮塔大喊，让他们也来一发。他还跟大家说起了关于封锁的往事，抛锚的船连续数周被困在水面上，煤烧完了，帆船也无计可施，只有经过的蒸汽船能给单调的生活增添一点生机。他还提到了大风和寒流，以至于二百多人不得不夜以继日地清除缆绳、船台以及索具装置上的冰。厨房热闹极了，就像是不断开炮的要塞一样，船员们喝可可茶都抱着提桶。汤姆·普拉特并没有接触过蒸汽船，因为在他退役时，蒸汽船还不多见。在他看来，蒸汽船是和平年代制作出来的中看不中用的东西，他满心期盼着帆船会在某天重振雄风，并盼望着帆杠长达二百英尺、装有大炮的万吨军舰问世。

曼纽尔说话的时候不疾不徐，十分温柔，话题也总是围绕着皎洁月光下，橡胶树摇曳处，在马德拉岛河边洗衣裳的漂亮姑娘。他还会提及圣人传说，还有发生在寒冷的纽芬兰中途港的奇怪舞蹈及搏斗。萨尔特斯的话题主要围绕农业展开，虽然他也会阅读《约瑟篇》，并常常对这部"圣典"加以注解，但是，证明绿肥尤其是三叶草肥料的价值，仿佛是他的终身使命。他反对所有化肥，只要提起化肥，他就会怒不可遏。他从床铺底下抽出几本油腻腻的书，大多都是橘子大王贾德的著作，然后便会拿腔作势地开始朗读，并冲着哈维晃动手指，可是哈维却一个字都不理解。如果哈维胆敢嘲笑萨尔特斯的演讲，小个儿宾就会十分难过，所以哈维只能委屈自己，硬挺着默默地接受。

厨师从不参与大家的聊天。大部分情况下，他只会在不得不说话的时候发言。不过，他身上时而也会表现出某

种奇怪的演讲天分，真到了这种时刻，他就会用不甚流利
的英语说上一个钟头，当然，话语间总是夹杂着盖尔语。
他和哈维及丹都很聊得来，不过，他始终不肯收回自己的
预言，认定了终有一天，哈维会成为丹的主人，并坚信自
己会见证这一天的到来。他向他俩介绍冬天往布雷顿湾寄
信的线路，诉说狗拉着雪橇去科特雷的经历，还聊到北极
破冰船打破大陆与爱德华王子岛之间冰层的往事。他还向
他俩讲起了母亲讲给自己的故事，以及曾经在永不结冰的
南方生活的经历。他还说，自己死后将在一片白色的沙滩
上长眠，那个地方气候宜人，棕榈成荫。两个孩子都觉得
一个从未见过棕榈树的人产生这种想法，实在是过于奇怪。
而且，每次吃饭，他总是问哈维——只问哈维自己——饭
菜是否合口。他的问题总是让第二轮吃饭的人笑作一团。
不过，大家都对厨师的眼光很钦佩，因为他们都觉得哈维
的确是一员福将，这是很多事实证明了的。

　　哈维如饥似渴地学习着新知识，接触着新事物，每天
呼吸着新鲜空气，身体一天比一天更结实。"四海为家"号
始终在航行，在纽芬兰大浅滩上捕鱼，底舱里面长方形的大

腌箱已经被鱼压得紧紧的,一天比一天高了。他们日复一日按部就班地工作着。

屈劳帕这种声名远播的人自然会受到很多人的关注,丹说,附近那些船上的人都在盯他爸的梢。不过,屈劳帕也自有应对办法,他常常在浓雾的掩护下,在纽芬兰大浅滩上远远地把他们甩开。屈劳帕不喜欢和他们同行主要有两个原因:一是他希望自己做实验,二是他着实不喜欢这些鱼龙混杂的各国船队。这些船大部分来自格罗萨斯脱、普鲁温斯城、哈维奇、占丹,还有缅因州的各个港口;至于船上的船员们就更不知道是从何处而来的啦。鲁莽和贪婪充斥在船队之中,各种事故屡见不鲜。它们就像是挤作一团却没有首领的一大群绵羊。屈劳帕说:"就让杰拉德兄弟去做他们的领路人吧,咱们很难在东部浅滩甩开他们,不过要是运气好,咱们很快就能离开啦。哈维,咱们现在在什么位置?是时候寻找一个合适的停泊地啦。"

"是吗?"哈维问道。他正在打水(刚刚学会怎样摆动提桶),正准备清扫收拾过鱼的甲板,"如此说来,换换地方,碰碰运气,也挺好。"

"东部岬角是我最想见到的，不过，我可不想碰上去。看来咱们用不了两周就能离开这片浅滩啦。哈维，你很快就能遇到船队上的人啦，就是你一直想见的人。那时候才是正经八百地干活，根本没有时间让人好好吃上一顿饭。饿了就随便吃点，累得睁不开眼了再去睡。保管你累得歇上一个月都无法完全恢复，等到了弗吉恩滩，你就再没有机会打扮得这么体面啦。"丹说。

　　哈维从埃尔里奇航海图上得知，老弗吉恩滩和一个有着古怪名字的浅滩是渔船航行路线的转折点。要是一切顺利，在那个地方，他们带的盐就能用完。不过，从航海图上来看，弗吉恩只是个很普通的小黑点，他无法肯定屈劳帕是否能够凭借象限仪及铅锤找到这个地方。直到后来，哈维才明白，这对于屈劳帕而言不过是小菜一碟，而且他还有余力为他人提供帮助。舱房里挂着一块四英尺长五英尺宽的大黑板，哈维始终没想明白它为什么被挂在那里，一连数天大雾之后，谜团才被解开。有一天，一阵刺耳的嘟嘟声突然从浓雾中传来，那声音来自脚踏雾号机，听上去就像是得了痨病的大象在吼叫。

为免事故发生，他们赶忙抛锚，最终船拖着铁锚缓缓停住。"是横帆船在说明自己的位置。"杰克话音未落，一条三桅帆船就滑出了浓雾，它那红色的前帆还滴着水。"四海为家"号连续敲钟三次，作为信号。

　　那艘大船上的水手赶忙调转桅帆，降低船速，还传来了尖叫声和吵嚷声。

　　萨尔特斯叔叔不屑地说："是法国人，船来自圣·马洛的密克隆岛。"就算是在天气恶劣的海上，这位农夫敏锐的目光也丝毫不受影响。"屈劳帕，我的烟丝马上就抽完啦。"

　　"我的也是。"汤姆·普拉特说完，又操起蹩脚的法语冲那艘船喊道，"喂，你们后退，赶紧后退！让开，你们这群愚蠢的家伙！你们来自哪里？是不是圣·马洛？"

　　"啊！是的！没错！来自圣·马洛的克洛斯·波莱号！圣·彼埃尔和密克隆！"大船上人们挥舞着帽子边笑边喊。随即，他们又齐声大喊道："黑板！黑板！"

　　"丹，去把黑板拿过来。这么大的美国，怎么到哪儿都能碰见法国船，真是搞不懂！对他们说，经度是四十六度四十九分，估计纬度也差不多。"

丹拿起粉笔，将这串数字写在了黑板上，又将黑板挂在了主索具上。于是，整齐的道谢声从三桅帆船上传了过来。

"就让他们这么走了，真是不甘心。"萨尔特斯摸着口袋说。

"上次出海你不是学了点法语吗？我可不想再把发生在勒·哈佛的那些事再经历一遍，你冲着那些密克隆船喊'不起眼的交趾鸡'，结果人家冲咱们扔了那么多石头。"屈劳帕说。

"是哈蒙·勒胥说那个词是在对他们表示赞扬。显然，还是美国话简单明了。可是，我们的烟丝都快用完啦。小伙子，你会法语吗？"

"嗯，会。"哈维挺身而出，用法语大喊道，"哎！哎！等一等！停一下！给我们一些烟丝。"

"哦，烟丝，烟丝！"那条船上的人大喊两声，笑作一团。

"他们听懂啦，咱们得弄条小船过去。我对自己的法语不太自信，不过我能听懂另一种外语，估计也有点用。哈维，过来，替我翻译。"汤姆·普拉特说。

汤姆·普拉特和哈维三下五除二地把黑色的三桅帆升了起来，那场面根本无法用言语形容。法国船的舱房里贴的尽是些光芒四射的圣母像，水手们都说那是纽芬兰圣母。哈维发现，在纽芬兰大浅滩，自己的法语根本无法与人交流，所以便只得以点头或微笑作为应答。汤姆·普拉特却乐不可支，靠着打手势和水手们打成了一片。船长拿出一种味道奇怪的杜松子酒让他喝，那些穿得像是滑稽剧演员，头戴红帽，腰佩长刀，说话时还带着让人极不舒服的喉音的水手，倒是像欢迎兄弟似的欢迎他的到来。很快，交易开始：他们有很多产自美国的烟丝，而且购买时不需要向法国政府缴税。不过，他们缺少巧克力和饼干。哈维划船回去，把这件事告诉了掌管储藏室的屈劳帕和厨师。他返回三桅船时，法国人正在舵轮旁边清点巧克力和饼干。那场景，简直和海盗船坐地分赃无异。汤姆·普拉特下了那条船，身上捆着黑色的烟草细条，口袋里塞满了既能嚼又能抽的烟饼。那帮法国水手心花怒放地调转方向，驶入了茫茫浓雾，只留下一阵轻快的合唱声：

姑姑家的房子后面，

有一棵漂亮的树，

夜莺站在树上，

日夜歌唱。

可爱的小鸟啊，

是谁带你来到了这里，

你又在唱些什么？

我在歌唱魁北克，

索尔和圣·但尼。

"为什么我说法语无法跟他们交流，你光会打手势就可以？"哈维在"四海为家"号的水手们分烟丝时问道。

"打手势？"普拉特禁不住哈哈大笑，"是呀，我们的确是通过打手势交流的，这种交流方式的历史可比法语古老得多，哈维。那艘法国船的水手有'共济会'会员，明白了吧。"

"所以，你也是'共济会'会员？"

"你觉得呢？"这个曾经在战舰上服役的老兵一边把烟丝装进烟斗，一边反问道。于是，在这片无边无际的大海上，哈维又遇到了另一个需要解密的谜。

第六章

　　那些在广阔的大西洋上漫无目的荡来荡去的船只，让哈维感触颇深。正如丹所说的，渔船在海上都要依靠彼此的礼貌、义气和经验，可是蒸汽船却根本靠不住。不久，"四海为家"号遇到了一艘笨重难看的老式运牲口船，这艘船尾随"四海为家"号长达三英里，它的上甲板围着围栏，散发出的臭味就像载有一千口牲畜。那船像无根的浮萍一样，随着海浪漂流，船上还站着一位手持大喇叭高喊着十分高兴的水手。屈劳帕驾驶"四海为家"号来到那艘船的下风处，并向船长喊道："你这是要去什么地方？你根本不配去任何地方。你们驾驶着这个跟牲口棚一样的破船，在公海上横冲直撞，根本不管别人！我看你的眼睛根本没长在愚蠢的脑袋上，而是栽进了咖啡杯里。"

站在船台上的船长气得直跺脚，说屈劳帕不长眼，并怒吼道："三天啦，我们根本没有接到天气预报！你觉得船是闭眼开的吗？"

"唔，我就能做到。"狄斯柯反驳道，"你们把测深锤吃了？就不能通过闻味儿确定水深吗？还是牲口味太臭，熏得你鼻子失灵啦？"

"你们给牲口吃什么饲料？"萨尔特斯叔叔十分郑重地问，他的农民本色被牲口棚的味道唤醒了，"听说运一趟会死很多牲口，我知道这和我没关系，不过我认为，把油渣饼掰碎……"

"有病！这个老家伙是从哪个精神病院跑出来的？"一个身穿红杉的牛倌儿探着身子喊道。

"年轻人，趁还没走，我对你说，我……"萨尔特斯从船头支索旁边站起来道。

对面船台上的船员十分恭敬地摘下帽子，说道："实在不好意思，我方才是在问位置。拜托这位'大胡子农业爱好者'行行好，不要乱发表意见，烦请那位翻白眼的'海绿色北极鹅'赐教。"

"萨尔特斯，你这是在出我的洋相！"屈劳帕怒气冲冲地说完之后，就因无法忍受那人的腔调，第一时间报出了经纬度。

"哈，果然是一船神经病。"那位船长一边嘟囔着一边将位置告诉机房，随后，又向双桅帆船扔来了一卷报纸。

"说到傻瓜，我看你跟那群人不分伯仲。"屈劳帕驾驶"四海为家"号离开后说道，"我刚想给这个如迷路孩童一样在海上乱转的船一点教训，你就乱插嘴，说那些乡下人的废话。你怎么从来都分不清好歹呢？"

哈维、丹还有其他水手向后退了退，互相看了一眼，憋着笑看热闹。直到晚上，屈劳帕和萨尔特斯也没争出个所以然。萨尔特斯坚持认为，运送牲口的船只就是蓝色大海上的牲口棚；屈劳帕却一再强调，就算真是如此，也要顾及渔民的规矩和面子，不能好坏不分地混为一谈。高个子杰克始终没有发表意见，可是，船长生气，全船都没有好日子过，因此，吃过晚饭，他对桌子对面的屈劳帕说：

"为什么这么在意别人说什么。"

"为什么在意！什么'把油渣饼掰碎'之类的，他们会一直说，说上好几年！"屈劳帕愤慨地说。

"还需要加点盐。"萨尔特斯说道，他手里拿着一张一周前刊载有农业报道的报纸。

"真是烦死了。"屈劳帕说。

和事佬高个子杰克开口道："千万别有这种想法，在这样的天气和一艘没有准点儿的货船相遇，除了告知对方位置，谁还会和它讲在海上行船的规矩呢？答案是，没有，没有人会这样做。这是显而易见的，他们也不会多想，不过是两三句话嘛。"这时，桌子底下，丹踹了正在喝水的哈维一脚，哈维猛地呛住了。

"就是，我说过的，这与我无关。"萨尔特斯觉得自己多多少少挽回了一些面子。

"到此为止，到此为止！狄斯柯，照我说，就算你觉得他不该那样说话，也应当让他住口才对。"精通规矩和礼节的汤姆·普拉特说。

"有道理，是我考虑不周全。"屈劳帕在保证体面的基础上找了个台阶。

"是呀，就是这个道理。这条船上你说了算，只要你递个眼色，我肯定立马闭嘴。这倒不是因为你是老大或者我有错，就是单纯地想给那两个臭小子做个表率。"萨尔特斯说。

"哈维，怎么样？说来说去还是说到咱俩了吧？咱们招谁惹谁啦，总是被扯进去。不过，我是宁愿少吃半份大比目鱼，也不肯错过这场好戏的。"丹低声道。

"不过，凡事还是有对有错。"屈劳帕的这句话再次点燃了正在将揉碎的烟丝装进烟斗的萨尔特斯的怒火。

一心想着平息战火的高个子杰克说："凡事当然有对有错，想当初，纽顿船长得了风湿病无法出海，斯特宁–海尔斯公司的斯特宁就让库纳翰做了'马瑞拉·D.库恩'号的掌舵人。想必斯特宁就对这个道理有很深的体会。大家都称库纳翰为'航海家库纳翰'。"

"每晚不喝上一磅朗姆酒，尼克·库纳翰都不开船。当然，这笔账全都计在货单里。"汤姆·普拉特一边摆弄测深锤一边说，"他常常在波士顿的各家船行闲逛，希望哪位大老板慧眼识英才，让他做个拖船船长。大西洋大街上的萨姆·考伊还真被他蒙住了，给他免费提供食宿，让他在船上待了一年多。航海家库纳翰！真有他的！他大概是在十五年前去世的？"

"我记得是十七年前，他死那年，'卡斯帕·姆韦'号刚完工。他就是那种凡事不分对错的人。斯特宁之所以让他当船长，完全是贼偷火炉子——在那个季节实在找不到别的。当时，水手们早就去大浅滩了，库纳翰招了一群无赖上船做水手。船上装的都是酒，'马瑞拉'号是上了全险的，不管运什么货，这群人都敢开。他们离开波士顿港驶向大浅滩，刚好跟西北风一个方向，水手们一人抱个酒瓶。也多亏上帝保佑，船上一个负责瞭望的人都没有，也没有负责绳索的人，还一直航行着，把十五加仑的大酒桶喝光了。根据库纳翰的回忆，他们大概这样过了一周。（他那种吹嘘的本领，我实在学不来。）当时是夏天，大风呼呼刮个不停，大家扯起前中桅帆，船缓缓地停了下来。库纳翰拿出象限仪，打着哆嗦比画了半天，看了看航海图，晃了晃混混沌沌的脑袋，说船的位置在塞博岛南侧，现在一切顺利，别的一概不提。然后，他们又打开了一桶酒，过起了悠哉游哉的生活。自打'马瑞拉'号驶离波士顿灯塔，他们就什么都不干了，连下风处的张帆杆都没用，任由船只歪歪扭扭、急急忙忙地航行。一路航行，大家不仅没有看到海草、海鸥，也没看到其他双桅帆船。没过多久，他们猛然意识到自己已经'顺其自然'地航行了十四天，不过，他们并不认为自己能这么迅速地抵达大浅滩。他们测出水深是六十寻。'这是我的一贯作风，我一向如此。我把你们直接带到了大浅滩上，等水深三十寻，咱们就可以高枕无忧啦。库纳翰真棒！库纳翰是个航海家！'库纳翰自吹自擂道。

"等下次测出水深九十寻，他又说：'大概是测深绳被抻长啦，或者大浅滩下沉啦。'

"船员们手忙脚乱地把测深锤拉上来后，头脑才恢复了清醒，于是便坐在甲板上计算起了测深绳的长度，绳子也被弄得乱七八糟。'马瑞拉'号放慢速度，继续航行。就在此时，他们和一艘货船相遇，库纳翰漫不经心地问：

"'你们有没有见到渔船呀？'

"'爱尔兰海岸一带有很多。'货船上的人答道。

"'什么？你说什么？爱尔兰海岸和我有什么关系呀？'库纳翰说。

"'那你们为什么到这个地方来呀？'货船上的人问。

"'受苦受难的主！受苦受难的主！（每当有麻烦，他总是喜欢这样说。）我这是在什么地方呀？'库纳翰问。

"'这里是克利尔角西南方向三十五英里处。希望这个回答能让你安心。'货船上的人说。

"库纳翰打了个趔趄，根据厨子的目测，这一步大约蹿出了四英尺七英寸。

"'安心！'他厚颜无耻道，'我知道，这里是克里尔角西南三十五英里处，由波士顿灯塔出发，航行十四天到达。受苦受难的主啊！这真是个全新的纪录。果然到斯基伯林啦，我母亲就在这个地方！'你看，他的脸皮多厚呀！不过，他始终没有把这件事分出个对错。

"水手们大都来自科克郡和凯里郡，只有一个马里兰州人嚷嚷着回家，所以大家都说他是捣蛋鬼。他们驾驶着老'马瑞拉'号来到斯基伯林，在家乡走亲访友，逍遥了一周才返航。二十三天之后，他们才抵达大浅滩。此时已近秋天，船上的食物基本吃完了，库纳翰二话不说就回波士顿去了。"

　　"公司怎么说？"哈维问。

　　"能怎么说，鱼都好好地活在大浅滩，库纳翰却在码头上大肆宣扬自己的东征纪录！这不过是他们自作自受，一是他们招水手时招了一群爱喝酒的，二是他们弄混了斯基伯林和奎洛这两个地方。航海家库纳翰，愿他的灵魂得以安息！他这个人，真是敢想敢说！"

　　曼纽尔慢声细语道："我在'露西·赫尔姆斯'号工作的时候，去格洛斯特卖鱼，竟然没有一个人买。嗯，那话怎么说？根本没人开价。于是，我们只能驾船出发，想把鱼卖给法亚尔人。后来海上起了风，很影响视线。嗯，后来怎么了呢？后来风越刮越大，我们只能躲进了船舱，风吹船行，速度飞快，根本不知道到了什么地方。然后，我们便望见了一片陆地，天也热了。再往后，我们竟然碰到了一条载着两三位黑人的船。嗯，你猜怎么着？我们向他们打听这是哪儿，你猜他们怎么回答？"

"加那利群岛？"屈劳帕略加思索，回答道。曼纽尔笑着摇了摇头。

"布兰科？"汤姆·普拉特说。

"不是，还要远些。我们竟然到了贝扎戈斯，那船来自利比里亚！我们终于把鱼卖了出去。还不错，是吧？"

"这样一艘双桅帆船竟然能开到非洲？"哈维问。

"要是值得去一趟，食物充足，那就可以绕过合恩角。我父亲曾驾着他那条名为'鲁珀特'号，吃水五十吨左右的尖尾渔船，去过格陵兰的冰山。当年，大约有一半船队都去那儿追鳕鱼了。而且，还是让我母亲一块儿去的，或许是想让她知道挣钱的辛苦。结果，那些船全都冰封住了，我就生在了'狄斯柯'。当然，这些事我都不记得。第二年，春来冰消，我们才回了家，不过，他还是把这个地方当成了我的名字，简直跟玩笑一样。不过，人这一辈子总会出点错。"屈劳帕说。

"没错，没错，是人就会犯错。我跟你们这俩臭小子说，犯错不可怕，可怕的是经常犯错；而且，就算犯了错，也要勇于承认，像个男子汉一样。"萨尔特斯自以为是道。

高个子杰克侧着脸，使劲儿冲大家使眼色。大家都知道，这场风波总算平息了。

"四海为家"号一路向北，时走时停，基本上每天都放平底船出去。他们沿着大浅滩东部边缘三十到四十寻深的水域前进、捕鱼。

在这个地方，哈维第一次见到了枪乌贼。枪乌贼是钓鳕鱼最好的鱼饵，就是脾气让人无法捉摸。在某个黑漆漆的夜晚，萨尔特斯大喊："有枪乌贼！"众人被他的叫声惊醒，从床上一跃而下，随后全都拿着枪乌贼钩，趴在船舷上，钓枪乌贼，足足钓了一个半钟头。所谓枪乌贼钩实际上就是个铅坠，下面是一圈跟伞骨一样向里收的钢针。不知怎么回事，枪乌贼特别喜欢把自己的身体盘在这个东西上。水手总是趁它还未走脱，就赶忙把钩子提上来。不过，枪乌贼离开水后，会第一时间喷一股水，然后再喷一股墨。大家为了避开喷射左晃右晃的样子，十分滑稽。一番辛劳之后，大家都黑乎乎的，像是刚刚清扫过烟囱似的，不过，甲板上也堆了不少新鲜的枪乌贼。把亮闪闪的枪乌贼触须挂在原本装着蛤饵的鱼钩上，大鳕鱼一看见就会上钩。第二天，他们钓了不少鱼，还向偶然遇到的"加里·皮特曼"号炫耀了半天。"加里·皮特曼"号提出用七条鳕鱼换一条体型适中的枪乌贼，屈劳帕拒绝了。他们只能怅然离开，在下风口半英里处抛了锚，打算靠自己的努力钓上一些。

屈劳帕没有再说话，直到吃完晚饭，才让丹和曼纽尔下船去给"四海为家"号的锚缆系上浮标，而且宣称自己做好了动用斧头解缆的准备。"加里"号不清楚这里并无暗礁，"四海为家"号为什么要给锚缆系浮标，于是也放下了一条平底船。丹便将父亲的话告诉了他们。

"我爸说啦，对一艘距离我们不足五英里的渡船，他放心不下。"丹嬉笑道。

"那他怎么不离开？又没人挡着不让他走！"那人说。

"因为你们正好在我们的上风口。什么船在那个位置，他都不会高兴的，更别提是你们这样一只总是抛锚的小破船啦。"

"我们这回出航可没有抛过锚！"那人怒气冲冲道。"加里·皮特曼"号因为锚具时常出问题而臭名远扬。

"那你说说你们是怎么抛的锚？船儿航行好，全看怎么抛锚。要是你们没有丢过锚，那船头的新斜桁是怎么回事？"丹这一问正戳中了对方的软肋。

"呵，你这个从葡萄牙来的呆头鹅，只配沿街拉琴，赶紧拿着钱滚回格洛斯特吧，滚回去上学，丹·屈劳帕。"那人反唇相讥道。

"罩衣！罩衣！"丹知道，去年冬天，对方船上有位曾在罩衣厂打过工。

"小虾米！格洛斯特小虾米！赶紧滚开，你这个毛头小子！"

格洛斯特人最讨厌别人说自己是"毛头小子"，丹于是大骂道：

"你这是在说你自己吧？星！赶紧开着你的破船滚回家去吧！"开骂的双方各自离开，不过，相比而言，查塔姆人损失更大。

"我已经预测到接下来会发生什么事了，他们的船已经开始兜风打转了。早该有人站出来指出这个问题啦。也许他们刚进入梦乡，船上的锚缆就断了。真是不想跟这种船碰在一起，我可不希望为塔姆人起锚。希望他们别出事。"屈劳帕说。

太阳落山时，风向变了，风力更猛了。尽管风浪还未大到能够撼动平底船缆绳的程度，但是"加里·皮特曼"号却失控了。丹和哈维快要值完夜班时，听见几声锚机发出的巨响从"加里·皮特曼"号的甲板上传了过来。

"坏了，坏了！哈利路亚！爸，它过来啦，船头朝后，船尾朝前，跟梦游似的，和上次在奎洛一模一样。"丹说。

若面对的是其他船只，或许屈劳帕还会心存侥幸。但是，他们面对的是足以横扫大西洋的、正歪歪斜斜撞过来的"加里·皮特曼"号，因此，他当机立断，把缆绳砍断了。"四海为家"号为了不驶出绝对必要的距离，只扬起了船头的三角帆和泊帆。直到"加里"号迎面而来，"四海为家"号才略微偏了偏向，顶着风闪开，屈劳帕可不愿意花费一周的时间去寻找锚缆。怒火中烧的"加里"号上的人们一句话也不说，任凭"四海为家"号的水手欢呼、怜悯，并忍受着大浅滩的戏耍。

"晚上好呀，园子里的庄稼还好吧？"屈劳帕挥舞着帽子问道。

"滚回俄亥俄雇一头骡子来，我们这儿不需要老农民！"萨尔特斯叔叔说。

"需不需要借给你们一个平底船锚呀？"高个子杰克喊道。

"拆下船舵耕地去吧。"汤姆·普拉特说。

"哎！哎！是不是罩衣厂停工啦，还是人家只雇姑娘呀？你们这群旱鸭子！"丹站在机轮箱上大喊道。

"还是把舵索拽出来，把舵钉进海底去吧！"这是哈维从汤姆·普拉特那里学来的一句玩笑话。

曼纽尔从船尾探出身来，叫道："约拿·摩根拉琴啦！哈哈哈！"他大喊时还无比轻蔑地晃了晃自己的大拇指。

小个子宾也趾高气扬地喊道："向右，嘿嘿！过来呀！驾！"

在天亮之前，"四海为家"号一直拖着锚链航行，第二天，他们为了找回缆绳花费了半个上午的时间。不过，哈维却觉得，尽管这段航程不太舒适，但却非常爽快。而且，他和丹一致认为，尽管有一点小麻烦，但是和胜利荣耀比起来，根本算不得什么。不过，他们觉得，当时或许应该对焦头烂额的"加里"号态度好点。

第七章

第二天，更多的帆船将他们包围起来，这些船全都由东北方向渐渐向西靠了过来。这些船即将抵达维尔京浅滩时，天降大雾，船儿纷纷抛了锚，四处全都是"当当"的敲钟声，却根本什么都看不见。平底船偶然相遇在雾中，然后互相交换消息。

天刚破晓，睡了大半夜的丹和哈维就蹑手蹑脚地偷馅饼去了。其实，他们可以正大光明地去拿，但是总觉得偷来的更香，而且还能惹怒厨子。船舱里不仅闷热，而且还有怪味，他们根本无法忍受，就带着战利品上了甲板。正在甲板上敲钟的屈劳帕，顺手就将钟塞进了哈维手里，吩咐道："一直敲，不要停。我好像听到动静啦，万一真有事，我坚守岗位总是好的。"

雾中传来的叮当声凄凉若游丝，似乎要被浓雾掐断似的。哈维在钟声暂停时，听到了一艘班轮低沉的汽笛声。他已经有经验了，很清楚这声音的含义。一幅画面清晰地浮现在了他的脑海：那是一个男孩，身上穿着红色的针织衫——如今，身为渔民的他对那种花哨的穿着发自内心地鄙夷——他是那么无知，简直就是个混混，竟然说要是轮船撞上渔船"该多有意思"。那个男孩住在随时供应冷热水的头等舱里，每天早上都要花费十分钟对着镶有金边的菜单挑来拣去。还是这个男孩——不对，是比他懂事不少的大哥哥——每天凌晨四点就要摸黑起床，穿上闷热无比、咯吱作响的油布雨衣，不停地敲钟——那是一口比服务员的早饭铃还要小的钟——以便保证大家的安全。因为在这个过程中，说不定就会有一艘船头高达三十英尺的铁船以每小时二十英里的速度窜过来！可是，那些睡在干净爽利、设备齐全的舱房里的家伙，根本不会知道在他们用早餐前，一条小船已然被游轮血洗——这是哈维最无法忍受的。想到这里，他再次敲起钟来。

"是呀，他们本应给那该死的螺旋桨降降速，降到法律许可的速度内，这样一来，就算咱们沉了底，他们也不用负责。听啊！是个大家伙！"丹边说边拿起了曼纽尔的螺号。

"呜——呜——"，汽笛在鸣叫；"叮当——叮当——"，钟声在敲响；"嘟——呜——"螺号在吹着，茫茫白雾中，天海相接。就在这时，哈维意识到仿佛有个物体在向这边靠过来，他将头抬高，再抬高，终于看到了一个如断崖一样高耸着的船头。船头滴着水，起起伏伏地，向双桅帆船压了过来，船头的浪花就像美丽的羽毛饰品一样，欢快地翻卷着。船头高高昂起，那亮闪闪的橘红色船体上一道道标着罗马数字XV、XVI、XVII、XVIII的标线便会显露出来。当船头"嗖嗖"怒吼着落入水中的时候，标线便会消失。一排黄铜镶边的舷窗"嗖"的一下闪了过去，轮船溅起的水雾猝不及防地喷到了哈维身上，哈维不由自主地抬手去挡，结果却是徒劳。冒着热气的水柱哗啦哗啦地拍打着"四海为家"号的栏杆，小小的双桅帆船在螺旋桨搅起的海浪里起伏、摇摆，一转眼，船尾便在浓浓雾气中没了踪影。哈维差点晕倒，而且特别想吐，就在这时，他听见"咔嚓"一声，就像是大树倒在了人行道一样，依稀还有一个好似从电话中传来的细细长长的嗓音喊道："赶紧停下！你把我们撞沉啦！"

"咱们的船被撞了？"哈维简直喘不上来气。

"不是！是那边的船。赶紧敲钟，咱们得去那边看看！"丹边说边放下了一条平底船。

短短半分钟时间，除哈维、宾和厨子之外的所有人全都下船划向了事发地。没过多久，一截被拦腰切断的双桅帆船前桅杆漂过了"四海为家"号的船头，后面还有一条空无一人的绿色平底船。它撞向"四海为家"号的船舷，发出"砰砰"的响声，就像是在乞求大船收留它似的。随后，一个面部朝下，身穿蓝色针织衫，四肢不全的人飘了过来。宾骤然变了脸色，屏息凝视。哈维很担心自己所在的船会被撞沉，只能绝望地敲着钟。水手们返回时，丹的一声召唤竟然让哈维激动地跳了起来。

"是'詹尼·卡斯曼'号被拦腰撞断了，底朝天，散架了，事故就发生在距离这里不到四分之一英里的地方。我爸救了老船长，再没找到其他人，老船长的儿子也不例外。天呀，哈维，哈维，我根本没法接受！我看到……"丹悲痛万分，双手捧着脑袋痛哭流涕。就在这时，水手们抬着一位头发花白的老人上了船。

"救我干什么呀！狄斯柯，救我上来做什么呀！"老人低声念叨着。

屈劳帕伸出大手拍了拍他的肩膀，老人嘴唇发抖，眼神空洞绝望地盯着沉默无言的水手们。就在这个时候，宾夕法尼亚·勃勒特——萨尔特斯叔叔在记忆短路时也会叫他哈斯京斯、里奇抑或是马克维蒂——站起身来，上前一步。往日脸上傻里傻气的表情不见了，取而代之的是一副稳重睿智的神情，他朗声道："上帝予之，上帝取之，至高无上的上帝啊！我——我是一位牧师，专门散播福音，把他交给我吧。"

"什么？你是牧师？那就烦请你向上帝祷告，让他把儿子还给我！向他祷告，把价值九千美元的船还有那一千担鱼都还给我。要是你们不把我救上来，我的孤老婆子还能接着去乞求上帝，以此混口饭吃，就这样永远不知道真相，永远不知道。可是，现在，我不得不把真相告诉她。"老人道。

"这事的确不好开口，贾森·奥利，我看还是实话实说吧。"屈劳帕说。

想要安慰一位刚刚失去独子，失去整整一夏天的收成，还失去了赖以生存的家当的人，谈何容易。

"船员都来自格洛斯特？"汤姆·普拉特爱莫能助，只好拨弄着平底船的绳套问。

"无所谓啦。"贾森捋了捋胡子上的水，"今年秋天，我就要带着他们回东格洛斯特了……"他步履沉重，趔趔趄趄地走到栏杆边，唱道：

> 欢喜的鸟儿盘旋在神坛上，
>
> 它们一边飞翔，一边歌唱，
>
> 至高无上的上帝呀！

"跟我去船舱！"宾的口气听起来有一种毋庸置疑的权威感。他们四目相对了片刻。

"我不知道你是谁，不过，我还是决定跟你去。或许，还能找回那九千美元的一部分。"贾森屈服了，跟着宾下到船舱，舱门关闭。

"这不是宾，这是雅克布·鲍勃，他……他记起约翰镇了！我还从来没见过这样的眼神。怎么办？我该怎么办？"萨尔特斯叔叔叫道。

宾和贾森的说话声传了出来，随后，只有宾一个人在说话。萨尔特斯听到宾的祷告声，把头顶的帽子摘了下来。不一会儿，小个子宾爬着梯子出了船舱，脸上挂着豆大的汗珠，审视着每一个人。丹还趴在舵轮上流眼泪。

"他不认识咱们了，事情全都回到了起点——下棋之类的许多事情。他会跟咱们说些什呢？"萨尔特斯嘟嘟囔囔地说道。

宾一开口，就是拒人于千里之外的语调："我祷告过了，我的族人都相信祷告。我祈求上帝救救他的儿子。我目睹了亲人——爱人和孩子淹死。人可能比创造他的人更聪明么？

我从未替家人祷告，但是却为他的儿子祷告，我想他的儿子一定还活着。"

　　萨尔特斯可怜兮兮地盯着宾，想知道他到底还记不记得自己。

　　"我疯了多长时间？"宾突然开口问道，嘴唇不停地颤抖。

　　"唔，宾，你根本没有疯过，只是有些……魂不守舍。"萨尔特斯说。

　　"我看见洪水冲走了一栋栋房屋，后来还起了火，其他的就没有印象了。这些事发生在什么时候？"

　　"我受不了啦！受不了啦！"丹大喊道，哈维也陪他流下了眼泪。

　　"大概五年之前。"狄斯柯回答的时候，连声音都在颤抖。

　　"这么说，从五年前，我就成了别人的负担，每天都需要人来照顾。请问这个人是哪位？"

　　屈劳帕指了指萨尔特斯。

　　"不，不是的。你挣的钱比你的花销多多了。这个船有我四分之一股份，其中就有一半是你的，都是你用劳动换来的。"这位农民出身的水手无所适从地搓着手喊道。

"我看得出，你们都是善良的人。可是……"

"大慈大悲的圣母马利亚！他和我们在一起这么长时间，竟然中了邪。"高个子杰克嘟囔道。

双桅帆船的钟声从船舷旁传了过来，浓雾中，一个声音高喊着："狄斯柯！有没有听说'詹尼·卡斯曼'号的事？"

"他的儿子找到啦，肃静，看上帝的拯救之恩！"宾朗声道。

"我们救了贾森，你们……你们救其他人了？"屈劳帕问出这句话时的声音颤抖不已。

"是的，我们发现他的时候，他的头破了，趴在一堆木板上面，应该是前舱的木板。"

"发现的是谁？"

"四海为家"号所有人的心都提到了嗓子眼。

"应该是小奥利。"那人慢条斯理地说。

宾把双手举起来，用德语祷告几句。哈维敢发誓，宾高高扬起的脸上，有一抹灿烂的阳光。

那人继续不慌不忙地说："哎哟，你们这群人，昨晚可是把我们挖苦惨了。"

"现在我们可没准备挖苦人。"屈劳帕说。

"我知道，不过，老实说，我们碰到小奥利的时候，的确……的确是有点儿抛锚。"

"加里·皮特曼"号真是没救了，"四海为家"号的甲板上传出一声哄笑。

"我看你们把老汉送到我们船上来吧，我们正准备多打些鱼，就靠岸。他在你们那儿也帮不上忙，刚好我们这个该死的绞车还缺个人手。就让我们来照顾他吧。何况，我媳妇儿还管他媳妇儿叫姑姑。"

"还缺什么东西，尽管说。"屈劳帕说。

"也没什么，不过，或许你们有没有能稳住的锚？哦！小奥利有些神志不清，总闹腾。还是让我们照顾老汉吧。"

宾叫醒了心如死灰、神思恍惚的老汉，由汤姆·普拉特划着小船送走了。他走的时候没有道谢，也不知道自己将见到的是谁。最终，小船消失在了大雾之中。

"这个时候，"宾深吸一口气，一副准备祷告的模样，

"这个时候，"他笔挺的身躯突然放松下来，就像一把剑被收回了剑鞘之中，眸子里的光彩逐渐逝去，低眉顺眼的傻样再度回归，"这个时候杀上一盘，你会不会觉得为时过早，萨尔特斯先生？"宾夕法尼亚·勃勒特问。

"我刚想说呢，一点都不早。"萨尔特斯痛快地答道，"宾，你可真厉害，人的心思一下子就被你看透了。"小个子宾涨红了脸，顺从地跟在了萨尔特斯身后。

"赶紧起锚啦！咱们得快点离开这个鬼地方。"屈劳帕大喊道。众人罕见地立即行动了起来。

"你觉得这到底是怎么回事呀？"他们冲出浓雾，身上湿漉漉的高个子杰克一边干活，一边问屈劳帕道。

屈劳帕掌着舵回答说："我看，是'詹尼·卡斯曼'号的事来得太突然。"

"他……他们那边漂过来一具尸体，大家都看见了。"哈维抽噎道。

"从水里救人就跟拉船上岸似的，必须得一鼓作气。他记起了约翰镇，以及自己是雅克布·鲍勃那些事。也就是说，宽慰贾森的信念支撑着他，这就像是为一条船打支撑。

只要松了劲儿，船就会一点儿一点儿往下溜，所以他又变了回来，成了我们熟悉的那个宾。"

大家都觉得屈劳帕的分析很有道理。

"要是宾真的清醒了，知道自己就是雅克布·鲍勃，那萨尔特斯得多苦闷呀！"高个子杰克说，"刚刚宾问这些年是谁照顾他的时候，你们有没有注意到他的脸色呀？他现在怎么样了，萨尔特斯？"

"睡着了，睡得很安稳，跟个孩子似的。"萨尔特斯说完就蹑手蹑脚地走向船尾去了，"他一醒咱们就吃饭，你们有人见过这么灵验的祷告吗？他一祷告，小奥利就被救上来了。真是心诚则灵呀。儿子是贾森的心头肉，要我说，这就是对那种冲着那些没谱儿的神像祷告的人的惩罚。"

"这种人多的是。"屈劳帕说。

"还是有些不同的。宾也不是什么都不懂，我只是干了点力所能及的事儿而已。"萨尔特斯反驳道。

他们肚子空空地等了三个钟头，宾才神色平静、迷迷糊糊地露了面。宾只当自己做了个梦，他很好奇大家为什么都不说话，可是没人知道该怎么回答。

接下来的三四天里，屈劳帕雷厉风行地给所有人派活；遇到无法捕鱼的情况，就会把大家赶到底舱，收拾整理船上的储备物资，以便给即将打上来的鱼腾出更多的地方。大家把整理好的物品由船舱隔间一直堆到了前舱炉子后面的推拉门处。屈劳帕对众人说，舱装得好，就能让双桅帆船保持最佳的吃水状态。水手们一刻也不得闲，终于找回了之前的精神状态。高个子杰克这个戈尔维人时而拿一根绳子跟哈维逗乐，并劝慰他说："不要做那些明知无用的事儿，更不要为此伤心得像只病猫。"哈维在这段枯燥的日子里思考了许多问题，而且还把这些告诉了丹。丹和他同心同德，甚至开口向厨子讨要馅饼，而非去偷。

一个礼拜之后，他们两个像是发了疯，竟然用一把绑着棍子的旧刺刀去捅鲨鱼，差点就把"海蒂·S."号平底船掀翻了。当时，那条凶猛的大家伙蹭着平底船的船舷，想弄点小鱼来吃，他俩能从三条鲨鱼中捡回一条命，真是万幸。

他们在浓浓雾气中捉了许久的迷藏之后，某日清晨，屈劳帕对着前舱喊道："小伙子们，快过来呀！咱们进城啦！"

第八章

　　那景象，哈维一辈子都忘不了。一周未曾露面的太阳刚从地平线探出了身，红色的霞光低低地照在一条条双桅船的停泊帆上，三支船队分别处在南、北、西三个方向。远远望去，大约有一百条各式各样的船只，远处还有一条法国横帆船，那样子就像在对着这一百条船点头行礼。每条船上都放出了平底小船，它们就像是从拥挤的蜂房中飞出的蜜蜂，人声喧闹，绳索声嘎嘎作响，船桨哗啦啦地拍打着海水，那

172

声响穿过波涛滚滚的海面直达数英里外。太阳越升越高，船帆的色彩由黑转灰，然后变成了蓝色，最终变成白色。许多船只都从浓浓迷雾中穿过，一路驶向南方。

簇拥在一起的平底船分散开来，三五成群地结成队，再次分散开，划向了同一个方向。船员们有叫嚷的，吹口号的，起哄的，唱歌的，海面上随处可见船上丢下来的垃圾。

"这真的是一个城市，屈劳帕说得没错，这的确是一个城市！"哈维说。

"而且规模还挺大，得有上千人啦。那边就是弗吉恩滩。"屈劳帕说着，向着一片辽阔碧绿的海域指了指，那里一条平底船都没有。

"四海为家"号绕着北侧船队外围转了一圈，屈劳帕一一向大家挥手寒暄，宛若一艘刚刚结束比赛的游艇，随即毫不拖泥带水地下了锚。纽芬兰大浅滩的规矩是——对于那些技术高超的船只悄然放行，对于那些技术不过关的船只高声嘲讽。

"刚好能赶上捕毛鳞鱼。""玛里·恰尔顿"号的水手说。

"腌鱼用的盐没剩多少了吧？""菲里浦国王"号的水手问。

"汤姆·普拉特，还好吧？今晚来我们船上吃饭呀？""亨利·克莱"号上的水手邀请道。船和船之间全都是这样的对话。在浓雾中划着平底船捕鱼时，大家都打过照面，只是那场面远不如在纽芬兰大浅滩的船队热闹。大家好像都听说了哈维被救一事，纷纷询问他现在有没有成长为一名合格的水手。年轻的水手喜欢拿丹打趣儿，丹牙尖嘴利，毫不示弱，以他们最不想听到的在家乡时的外号进行称呼和问候。曼纽尔没完没了地用家乡话和老乡打着招呼，就连一向沉默寡言的厨师都骑在第二斜桅上，用盖尔话和一个跟他一样黑的朋友寒暄。弗吉恩浅滩周围暗礁遍布，稍不留神就有弄断锚缆、船只漂移的风险，所以他们将浮标系在了缆绳上，然后才划着平底船去和停泊在一英里外的船群会合。为了保证安全，起伏不定的双桅船中间都隔着一段距离，四周的平底船就像是一群不听话的小鸭子簇拥着母鸭一般围在双桅船周边。

平底船划入你碰我我碰你的船群里面，场面顿时乱作一团。人们吵吵嚷嚷地评价着他划桨的水平，简直要把他的耳朵震聋了。他的耳边全都是叽里呱啦的说话声，从拉布拉多到长岛一带的方言，还有葡萄牙语、那不勒斯语、混合语、法语和盖尔语，有人唱歌，有人叫嚷，有人咒骂，各式各样，无奇不有，而他正是众人调侃的对象。或许是因为这么长时间，他只接触过"四海为家"号上的水手，当几十张陌生的面孔随着起伏不定的小船时起时落，他生平第一次感受到了害羞的滋味。一个从浪底到浪尖只有三弗隆^①高的浪缓缓地打了过来，将几条花花绿绿的平底船轻轻托起。远远看去，就像是水天相接的地方出现了一幅旖旎的图画。船上的水手们互相打着招呼，挥着手。可是，那些张得大大的嘴巴，挥动着的胳膊，敞开的胸膛，转眼便消失了，随之而来的是另一波浪缓缓托起的另一群人，那感觉就像是木偶剧场里又一批纸片木偶登场。目睹这一切的哈维简直惊呆了。"小心！我一喊，你就立刻按下去，毛鳞鱼随时都有可能成群游过。"丹拿着长柄捞

---

① 长度单位，一弗隆大约是八分之一英里。

渔网对哈维说，随即又转向汤姆·普拉特问："我们这是在什么位置？"

队长汤姆·普拉特带领船队一边喊叫着一边将其他船推到一旁，看到老朋友就寒暄几句，碰见冤家就放几句狠话，顺利抵达了大部队的下风头。很快便有三四个人拖着锚向着"四海为家"号的下风处划去。就在这个时候，船队爆发了一阵哄笑，原来有一条平底船像离弦的箭一样冲了出来，小船上的水手着急忙慌地拉起锚索。

"降低船速，把锚索抖开！"二十来个声音不约而同地响起。

"怎么啦？他不是早就把锚抛下去了吗？"哈维见那条船飞速冲向南侧，疑惑不解。

"锚是早就抛下去了，不过，锚缆似乎挪地方啦。"丹一边笑一边说，"被鲸鱼缠住啦……哈维，快按！毛鳞鱼来啦！"

周围的海水瞬间黑了，然后，围过来一群密密麻麻的小银鱼。与此同时，五六英亩的海面上，鳕鱼跳出水面，就像五月的鳟鱼一样；三四条灰色的阔背鲸鱼跟在鳟鱼后面，使得水花不断翻腾。

　　所有人都在大喊，都想把锚收起来，插进鱼群里。尽管时不时就会和旁边船上的渔线缠作一团，可大家还是十分兴奋地叫嚷着，拼尽全力将长柄捞渔网按入水中。他们或者向同伴发出厉声警告，或者说上几句加以提点。深沉的大海嘶嘶地响个不停，就像是刚刚开盖的汽水，鳕鱼、人和鲸鱼全都向着可怜的小银鱼扑了过去。哈维几乎把丹的渔网长柄打下了水。不过，鲸鱼那双露着凶光、十分专注的小眼睛是他在混乱之中唯一注意到并且永远忘不了的，那双眼睛和马戏团里大象的眼睛像极了。鲸鱼贴着水面急速游了过来，似乎还冲他眨了眨眼睛。这些横冲直撞的大海猎手缠住了三条船的锚缆，拖行半海里之后，这些"野马"才终于挣脱了"缰绳"。

　　不一会儿，毛鳞鱼就游走了，五分钟之后，它们的声音便消失了，只能听到铅锤被抛入水中的扑通声，鳕鱼拍打水面的啪啪声，还有水手们挥舞着杀鱼棒打向鳕鱼的重击声。这捕鱼场面真是千载难逢，世所罕见。哈维看见海水下面，那些闪着银光的鳕鱼成群结队地缓缓游动着，悠哉悠哉地咬了钩。纽芬兰大浅滩的法律规定：弗吉恩滩或东部浅滩上的平底船，一条渔线只能装一个钓钩。可是，平底船实在是太多了，即便如此，渔线还是缠在了一起。哈维不知怎的就卷入了两侧的一场争吵，一侧是个头发长长、态度相对温和纽芬兰人，另一侧是个叽里呱啦叫个不停的葡萄牙人。

和平底船水下的锚索缠作一团相比，渔线缠在一起根本没什么了不起的。每条船都想选个好位置下锚，然后就能绕着这个固定点捕鱼啦。随着鱼儿咬钩的速度越来越慢，大家就会将锚收起来，再寻个好位置，可是，几乎三分之一的船只会跟旁边的五六条船紧紧挨着。在纽芬兰大浅滩，将其他船的锚缆割断的行径是极其恶劣的，不过还是有不少人以身试法，并做得无迹可寻。那天大概发生了三四起这种事，一位缅因州人做坏事的时候，被汤姆·普拉特抓了个正着，随即被一船桨打下了船。同样的事情也发生在了曼纽尔及其同乡身上。然而，哈维和宾的锚缆还是被割断了，因此他们不得不承担起了运输任务，船上一装满鱼，就运到"四海为家"号上。日落时分，毛鳞鱼群再度聚了过来，喧闹的景象再度在这片海域上演。直到太阳落山，他们才划回大船，在栏杆旁的煤油灯下收拾鱼。

　　要收拾的鱼实在是太多了，他们干完活，倒头就睡。第二天，几条船去浅滩最浅的地方捕鱼，哈维也跟了过去。他向下看去，只见一块距离水面不足二十英尺的岩石上面满是海草。鳕鱼宛若一个盛大的军团，在皮革一样的巨藻上浩浩荡荡地前行，它们同时吞饵，同时停下。直到中午，众人才有了空闲，开始找乐子打发时间。丹是第一个看见"布拉格希望"号向这边驶来的，当平底船被放下来加入捕鱼行列时，有人以寒暄的语调问道："船队里哪个最小气？"

　　三百个人咧着嘴齐声答道："尼克·勃兰迪。"听上去就像是管风琴伴奏下的大合唱。

　　"偷了灯芯的是哪个？"丹问道。

　　"尼克·勃兰迪。"众人再次齐声答道。

　　"用咸鱼饵煮汤的是哪个？"四分之一英里外，不知是谁在起哄。

　　回答自然又是一阵高兴的合唱。实事求是地说，勃兰迪为人并没有特别小气，多半是船员们的编造传播，才让他有了这个坏名声。后来，他们看到一个人，此人是"屈罗洛"号的水手，六年前曾用一条上面带着五六个鱼钩的渔线在这片海域钓鱼，因此人送外号"一网尽"。虽然此后他始终躲在乔奇斯没露面，但是却早已声名在外了。众人齐声喊叫，就如鞭炮齐鸣："吉姆！吉姆！吉姆！哦，吉姆！'一网尽'吉姆！"大家全都高兴地哈哈大笑起来。随后，一个贝弗利人唱道："'卡里·匹脱曼'号的铁锚啊，真是不中用。"他有点诗人气质，搜肠刮肚一整天才想出这么一句。平底船上的水手像是捡了宝，都开始起哄了。大家问那个贝弗利人，怎么诗人也出海讨生活呢？看来诗人也不能不食人间烟火呀。每一条双桅船上的每一个人，几乎都被打趣过。譬如，大家说起哪位厨师最粗心，最邋遢，那么他和他做的饭便会被编成段子在平底船上流传。只要是谁有点把柄被发现了，就会有人十分详尽地转述给大家。要是有人从室友那儿偷了烟丝，那么就会有人说出他的名字，并让他的名字跟着浪涛传播开来。屈劳帕的神机妙算，杰克数年前卖掉的运输船，丹的意中人（丹只要听见便会怒不可遏），宾时常丢锚的霉运，萨尔特斯对肥料的高见，曼纽尔上岸时小小的失态，哈维划船时略显女性化的动作，全都是大家闲来无事时的笑料。茫茫雾气如同银色的帷幔，在太阳底下缓缓降落，将大家笼罩起来。那声音听起来，就像是一个个不见其人的法官在宣读大家的判决书。

众人划着平底船，吵吵闹闹地捕着鱼。没多久，海面便掀起了巨浪。于是，众人为了避免互相撞击，纷纷将船分开来。混乱中，有人喊道，如果海浪一直这样汹涌，说不定弗吉恩浅滩会被冲塌。一位莽撞的加洛维人却不肯听，他和侄子一同收了锚，非去礁石那边不可。有些人劝他们不要去，有些人劝他们划过去。随着一波一波平滑的浪涛向南推移，他们的平底船被抛到浪尖，隐在了浓浓白雾之中，很快，平底船从浪头跌进了一片十分危险的旋涡。平底船下了锚，不停地围着铁锚转圈，和水下的暗礁只有咫尺之遥。他们完全是在用生命逞能，所有人的心都提到了嗓子眼儿，默默地注视着，最终，他们的老乡杰克划船过去，将他们的锚索割断了。

杰克怒吼道："没听见声音不对吗？赶紧划走，别把小命丢在这儿！快呀！"

两人见状，一开口就骂骂咧咧地争辩起来；就在这时，波浪再度席卷而来，漂移的小船略停片刻，就像是人被绊了一脚似的。一阵深沉的呜咽声传来，随即，咆哮声越来越大，弗吉恩周围掀起一片巨浪，一时间，波涛汹涌，白浪滚滚，简直如鬼哭狼嚎一般。于是，众人为杰克齐声喝彩，那两个加洛维人也没再开口。

"壮不壮观？"丹兴奋地问道，犹如一只在自家门口的小海豹，"没半个钟头就会来一次，一浪接着一浪，越来越高。汤姆·普拉特，到了那种程度，发作频率是多少？"

"一刻钟一次，特别准。哈维，你有幸见到了纽芬兰大浅滩最为壮观的景象。幸亏杰克及时出手，否则你就会看见世界上又多了两个死人。"

茫茫白雾深处传来一片欢呼声，双桅船纷纷敲起了钟。一艘体型硕大的三桅船试探着从迷雾中钻了出来，爱尔兰人用欢呼和热情迎接他们："赶紧过来呀，亲爱的！"

"还是法国船？"哈维问。

"你的眼睛是摆设吗？明明是一艘巴尔的摩船，你看它那副心惊胆战的样子。这回咱们总算能好好奚落奚落它了。我估计那船长还是第一回见到咱们船队这种排场。"丹说。

那是一艘排水量八百吨重的黑色大船，看上去特别结实。它的主帆收起，中桅帆随着微风的吹拂而摇摆。海上的所有船里，最娇柔的就是三桅帆船，看它高挑的身量、踟蹰的模样，以及船头上的金白相间的雕饰，简直就像是一个在一群坏小子的讥讽声中，半提着裙子、一筹莫展地走过泥泞不堪街道的女子。船上的水手很清楚自己位于弗吉恩浅滩附近，听见讥讽之后，便向大家打听起路来。起伏不定的平底船给他们的部分回答如下：

"你们说什么？弗吉恩？这儿明明是周日清晨的里哈佛尔。赶紧回家醒醒神去吧。"

"赶紧回家去吧，你这个大家伙！回家对他们说，我们很快就到。"

眼见三桅船的船尾带着滚滚浪花和气泡滑入浪谷，五六个水手用他们动听的歌喉唱道："哎哟哟，眼看就要撞上了！"

"转舵呀！赶快转舵逃命呀！快把船上的物件丢了吧！"

"下来！快下来！不要去管别的啦！"

"大家都去抽水！"

"把船首的三角帆放下来，用桡杆来划！"船长再也忍不住，就训了大家几句。众人便停止打鱼，你一言我一语地说了起来，说的都是和那条船以及船将停靠的下一个港口的奇谈怪论。他们问他投保险了没有，他那只铁锚是从什么地方偷来的，看起来很像"卡里·匹脱曼"号上的；他们说他的船是运烂泥的驳船，还斥责他乱丢垃圾把鱼群吓跑了；他们还提出可以帮他把船拖回去，不过得用他媳妇来抵账；有一个胆大包天的小伙子竟然追了过去，张开五指用手掌拍打着他的船尾挑衅道："快起来呀，老伙计！"

船上的厨师拿起一盆灰倒在了他的脑袋上，他用鳕鱼头回击。三桅船上的水手从厨房里拿了些小煤块扔他，平底船上的人就吓唬说，这就上船去把他们的甲板拆掉。要是那条船果真遇到了危险，大家必然会立刻发出警报，可是见它安然驶离，自然就会抓紧时间玩笑取乐。西边一英里外，礁石再度轰轰作响，受尽奚落的三桅船总算脱身离开，起哄玩笑终于结束了。

弗吉恩浅滩一整晚都在大声吼叫，次日清晨，哈维放眼望去，只见船队的桅杆全都摇曳着，只等有人带头放平底船下海。可是，直到十点，还是没有一条船下海。就在这时，"白天眼睛"号的杰拉德兄弟自以为把握住了海浪平息的机会，率先下了海。很快，超过一半的平底船全都跟着他们漂泊在了滔天巨浪之上。不过，屈劳帕却未曾跟风，只让大家接着收拾鱼下舱。他觉得这种"敢作敢为"毫无意义，待到黄昏时分，狂风大作，他很乐意去收留那些落汤鸡似的不速之客，给他们提供一个大风中的避风所。哈维和丹在吊着平底船的索具边上站着，其余人全都专心地注视着汹涌的海面，随时准备去拉索具。在他们看来，拯救生命是最重要的，足以让他们把手里的活儿先放放。只要呼喊平底船的声音从黑暗中传来，他们就会把钩子放下去，拽上来一个被湿透的人还有一条支撑不住的小船。最终，"四海为家"号甲板上的平底船横七竖八，床铺上也挤满了人。哈维和丹值夜班期间，海上巨大的浪涛一共冲上甲板五次，他们两个跳上前桅斜桁，不让它和帆杠相撞，手脚并用，有时候甚至需要用上牙齿，才保住了船上的绳子、杆子还有湿透了的帆布，没让它们被浪冲走。有一条小船被海浪撞碎了，船员被巨浪裹挟着，摔在了甲板上，前额被撞出了一道大口子。天将拂晓，大海仍旧汹涌着，就在海天相接处露出微弱的冷冷的白光时，一个脸色青灰、一只手折断的、人不人鬼不鬼的水手爬上了船，打听自己兄弟的消息。早饭一下子多了七个人：一个瑞典人、一个查塔姆船长、一个来自缅因州汉考克的年轻船员、一个杜克斯堡人，以及三个普鲁温斯城人。

次日，船队例行清点人数。尽管吃饭时大家都缄口不言，但一条条小船前来报告过全体顺利登船的消息后，大家便大快朵颐起来。不幸淹死的水手一共有三个，其中两个来自葡萄牙，一个来自格罗萨斯脱。可是，被撞伤的人不少，还有两艘双桅船断了锚索，被一路吹到了南边，漂出去的距离相当于三天航程。那条曾经和"四海为家"号进行过烟丝交易的法国船有一名水手不幸遇难。在一个潮湿的大雾清晨，它一声不响地离开弗吉恩，升起所有船帆，驶向了一片深水海域。通过屈劳帕的小望远镜，哈维注意到了他们举行的葬礼。说是葬礼，实际上不过是将一个长方形的包裹扔下船去，并未见到有什么仪式。不过，当晚下锚之后，哈维听见了他们的歌声，那像是赞美诗一样的歌声节奏极其缓慢悠长，从星光闪闪的海面传了过来：

帆船漂泊在海上，

一会儿打转，

一会儿倾斜，

牵动着我的情意。

哦，圣母马利亚，

请为我向上帝祈祷。

永别了，故乡，

永别了，魁北克。

汤姆·普拉特知道死者和他一样是"共济会"会员，便前去探望。原来，那个可怜的水手被一个浪头卷起，撞在了船头斜桅的底座上，脖子折断了。很快，一个消息如同长了翅膀似的传开来，说是法国船要做一件和一般习惯不同的事情——鉴于死者在圣·马洛或密克隆无亲无友，他们要进行一次拍卖，将死者的遗物全部出售。遗物全都摊在舱房顶部，从红色绒线帽到带着小刀和刀鞘的皮带，无所不有。丹和哈维去二十寻的水域捕鱼，所以就划着"哈蒂·埃斯"号去凑了个热闹。他们划了很久才到，在那条船上待了一段时间，丹买下了一把样子有些古怪的铜柄匕首。他们离开时，下起了蒙蒙细雨，海面上泛起了小小的波浪。直到这时他们才意识到，耽误了捕鱼，后果可能会很严重。

"我觉得就算是打咱们一顿也没什么。"丹边说着，被油布雨衣裹着的身体一边不断地发着抖。雾一如平常，毫无征兆地来了，他们将船划进了茫茫白雾之中。

"这一带涨潮特别快，直觉不可信。哈维，抛锚吧，咱们钓会儿鱼，等雾散了再划。找最大的那个铅锤，在这片海域，就算是三磅的铅锤都不一定有用。看呀，锚缆都被拉直了。"

船头水泡不多，平底船被纽芬兰大浅滩上完全不能以常理度之的水流推着，锚索绷得很紧。不管望向哪个方向，能见度最多只有一个船身的距离。哈维将衣领翻起，将身子俯低，仔细照看着线轴，看上去就像是一位筋疲力尽的老水手。如今，对于浓雾，他的恐惧之心已经渐渐淡去。两个人安静地钓了会儿鱼，咬钩的鳕鱼真不少。丹拔出匕首，在船舷上试了试刀刃。

"真是把好刀。你是怎么以那么低的价格买到手的？"哈维问。

"多亏了身为天主教徒的迷信，他们似乎不怎么喜欢死人的铁器。我买这把匕首时，那几个法国人直往后退，你没看到？"丹挥动着匕首说。

"可是拍卖并非意味着拿死者的东西呀，不过是买卖而已。"

"咱们是这么想，可是那些迷信的天主教徒并不这么认为。这就是在一个进步国度生活的益处。"丹说完就吹起了口哨，哈维知道那首歌：

东部岬角已映入眼帘，

屋顶岛的双灯塔，你们还好吗？

在合恩角停船下锚，

我们很快就能看到姑娘和小伙子挥手欢呼！

"那个东港人怎么不出嫁？他买了死者的靴子。难道说缅因州不够进步？"

"缅因州？呸！那些人不是见识短，就是穷得叮当响，连粉刷房屋的钱都支付不起。我见得太多啦。那个东港人对我说，这把匕首出过事，他也是听法国船长说的，事情就发生在去年，就在法国海岸上。"

"杀过人？把杀鱼棒递给我。"哈维将一条鱼拉了上来，再次装上鱼饵，抛出渔线。

"是呀，杀过人。我一听，就更按捺不住想得到它了。"

"上帝呀，要是我早点听说就好了。等发了工资，一美元，你把它让给我。两美元也行。"哈维边说边侧过身来。

"你不是在开玩笑吧？这么喜欢这把匕首？"丹问这话时，脸"唰"地一下就红了，"好吧，实话跟你说，我之所以买这把匕首，就是想送给你。可是之前我一直不知道你是不是喜欢。哈维，给你，我心甘情愿地让给你。咱俩是一条船上的兄弟，一日为兄弟，终身是兄弟。给，拿着。"丹说着，将刀、刀鞘还有皮带一起递给了哈维。

"丹，你听我说，我不想……"

"拿着，别客气，我希望你有这样一把匕首。"

哈维根本无法抵挡那种诱惑，便说："丹，你真够意思，我会一辈子视它如珍宝。"

"听你这么说，我真开心。"丹高兴地说。随后，他就改变了话题："你的渔线好像是被什么东西挂住了。"

"我觉得也是，缠住了吧。"哈维一边说，一边拽了拽渔线。他先是把腰带紧了紧，刀鞘尖碰在座板上叮当作响，他心里高兴极了。"大事不好！"他大喊道，"应该是缠住'草莓'根了，这附近的海底都是沙子吧？"

丹伸过手来，尝试着用力扯了扯，说："不是'草莓'根，大比目鱼生气时都这样，你使劲儿拉一拉，要是跟着走，肯定就是比目鱼啦。咱们拉上来一看就清楚了。"

二人齐心协力地拽着渔线，拉上来一点，就牢牢地套在羊角上，水下的重物总算一点一点地被拉了上来。

"真是个大家伙，使点劲儿！"丹大喊道，很快，大喊变成了心胆俱碎的尖叫，原来他们拉上来的竟是两天前葬入海底的法国水手。鱼钩钩住了右侧的腋窝，他就直挺挺地在水里晃荡着，只有脑袋和肩膀露出水面，真是恐怖极了。他的胳膊被固定在身体两侧，而且他——他的脸没有了。两个小伙子跌倒在了船底，根本爬不起来。由于绳子收短的缘故，尸体就在船边上下沉浮着。

"潮水，是潮水冲来的！"哈维的嘴唇不停发着抖，双手慌忙摸索着皮带扣。

"哦，上帝呀！哦，哈维！他是来拿那个东西的，赶紧给他，给他，让他走，快！"丹说道。

"我不要了，我不要了！可是，我找不到皮带的搭扣了。"哈维带着哭腔说。

"哈维，快点。他还在你的渔线上钩着呢！"

哈维坐起身来，急急忙忙地解下皮带，正对着那个披散着头发，看不见脸的脑袋。"他不动啦。"哈维对丹耳语道，丹拔出自己的匕首，将渔线割断，尸体扑通一声沉进了大海，哈维把皮带远远地扔进了海里。直到这时，丹才诚惶诚恐地把身子直了起来，他的脸色简直比浓雾更苍白。

"他是来拿匕首的，是来拿匕首的。我以前看到过渔网捞起的腐烂尸体，可是我并不十分害怕。但是这一次，他是专门来找咱俩的。"

"要是我不买那把匕首就好了，不然他也不会挂到你的渔线上。"

"都一样，咱俩都吓得减了十年寿命。哈维，你有没有看清他的脑袋？"

"当然，真是终生难忘！丹，你听我说，他应该不是特意来找咱俩的，多半是被潮水带来的。"

"潮水？哈维，他就是来拿匕首的。对了，他们是在船队南侧六英里处将他沉入大海的，这会儿咱们离船队大概两英里。听人说，把他沉下去的时候，在他身上系了一寻半链索。"

"不知道他到底拿着那把匕首在法国海岸做了些什么？"

"反正不是好事。我想他肯定是要带着这把匕首去接受末日审判，所以……你拿着鱼干什么？"

"扔下船呀！"哈维说。

"为什么要扔？咱们又不吃。"

"我不管，就要扔。我解皮带时看见他的脸了。你钓的鱼大可以留着，我钓的是一定要扔的。"

哈维二话不说，把自己钓上来的鱼全扔了。

"我看还是小心为妙。"丹嘟囔着，"只要雾能散，我宁可白干一个月，不要工资。下雾时，那些晴天里看不见的'唃嗬鬼'、冤鬼之类的就全都出来了。索性他是浮上来的，而不是身子笔挺走过来的。要真是走过来的，才叫吓人。"

"丹，别说啦！他这会儿就在船下边呢。多希望现在是在大船上安全地待着呀，就算会被萨尔特斯叔叔揍，我也愿意。"

"用不了多久他们就会来找咱俩啦，给我喇叭。"丹拿起吹开饭号的洋铁皮喇叭，还没吹，就放下了。

"吹吧，我可不愿意在这个地方待上一整夜。"哈维说。

"问题的关键在于，不知道他是怎么想的。在岸上时曾有人跟我说过，他在双桅船上根本不敢吹号叫平底船，那是因为船长，不是当时的船长，是五年前驾驶那条船的老船长，当时他喝醉了，把一个小伙子推下船淹死了。自此之后，船长把小船划到大船旁边时，那个小伙子总会跟着大家一起喊'平底船！平底船！'"

"平底船！平底船！"一个不甚清亮的嗓音从雾中响起，二人吓得魂飞魄散，丹手里的喇叭都掉了。

"你听！是厨师在喊呢！"哈维说。

"我怎么会想起这个该死的故事呢！的确是大师傅在叫。"丹说。

"丹！丹尼！喂，丹！哈维！哈维！喂！哈维——维！"

"我们在这儿呢！"两个小伙子齐声答道。他们什么都看不到，只能听到船桨划动的声音，直到厨师顶着湿漉漉的头发，带着满脸的汗来到他们身边。

"怎么啦？你俩回去准得挨揍。"厨师说。

"实在是太好啦！就是因为挨揍这件事，我们才受了这么多苦。回大船就是回家，只要回家我们就高兴。你不知道我们刚才碰到了什么，真是太恐怖啦！"丹说着接过了厨师递过来的绳子，讲起了刚刚发生的事。

"嗯，他肯定是回来拿匕首的。"厨子听完只说了这一句。

　　生于雾中长于雾中的厨子用摇摆不定的小小"四海为家"号带他们两个回去时，他们心中陡然生出了一种前所未有的亲切感，那是家的感觉。小小的舱房有温暖的灯光，船头飘来一阵香喷喷的饭味。屈劳帕和其他水手闻询跑来，从栏杆上探出身子，说要狠狠地教训教训他们。不过，厨子是个懂得处理方式的高手，他不着急让人拉小船上去，而是划着小船绕到船尾，专门把最让人心惊肉跳的部分说给大家听，还说哈维是福星高照，可以破解种种霉运。于是，两个小伙子一上大船就被当成了智勇双全的英雄，大家纷纷向他们提问，根本没有因为惹麻烦而挨揍。小个儿宾发表了一番高论，对愚昧的迷信思想进行了猛烈抨击；不过大家都不赞成他的看法，而是支持杰克，听他讲骇人听闻的鬼故事直到半夜。厨师将一支点燃的蜡烛、一张面饼、一杯水和一撮盐，放在了一块木瓦板上，将其从船尾放入大海，祈求那个法国人安息。点蜡烛的是丹，因为是他买了那条皮带。厨师嘟嘟囔囔念了很多咒语，直到火光渐渐远去，再无踪影。在这种氛围下，只有萨尔特斯和宾认为这完全是"偶像崇拜"，其他人都缄口不言。

值完班回船舱休息时，哈维问了丹一个问题："关于进步和天主教徒的迷信，你还有什么想说的？"

"哼！我的思想很进步，很开明。至于一个为了价值三美分的匕首就把两个可怜兮兮的孩子吓得要死要活的死人圣·马洛水手，厨师会帮我们处理好的。我不信外国人，死的活的都不信。"

次日清晨，除厨师之外的所有人都羞于再提起昨夜的仪式，所以大家全都全力工作，偶尔才很不自然地聊两句。

进入扫尾阶段，"四海为家"号和"帕里·诺曼"号你追我赶，不分伯仲，受到了整个船队的关注，而且大家还以烟草为赌注打赌。全部人手都在忙碌着，有的钓鱼，有的收拾鱼下舱，大家天不亮就开工，直到黑得看不清了才收工，累得甚至站在那里就能睡着。连厨子都来甲板上帮忙扔鱼，哈维被分派到底舱递盐，丹则帮忙剖鱼。"帕里·诺曼"号上有一名水手不小心摔下前舱，扭伤了脚踝，"四海为家'号才获得了胜利。在哈维看来，船上再多一条鱼都装不下了，可是屈劳帕和汤姆·普拉特却不停地装着，还搬来压舱物的大石头把鱼压紧，腾出次日放鱼的位置。就连盐用完的消息，屈劳帕都没有对大家说。早上十点，他趔趄着跑到船尾的储藏室，把那张最大的主帆拽了出来。快到中午时，他让大家降下停泊帆，升起主帆和中桅帆。一时间，围上来很多平底船，表示很羡慕他们的运气，请他们帮忙捎回家书。最后，众人一起将甲板打扫干净，升起船旗——这是第一个离开纽芬兰大浅滩的船独有的权利——起锚返航啦！屈劳帕以照顾那些尚未送来家书的人为借口，特意让"四海为家"号在船队间悠然进出。其实，那是他用以证明自己作为船长带领"四海为家"号完成五年出色航行的凯旋小游行。丹拉起手风琴，汤姆·普拉特拉起小提琴，为那首只有用完加工盐才能演奏的歌曲伴奏：

4······［音乐音符"4"（fa）的持续伴奏］

最后几封系着煤块的信被扔在了甲板上，格罗萨斯脱人大喊着将家书带给自己的妻子、情人或者老板，"四海为家"号带着乐队伴奏的巡演结束了。前帆轻轻抖动，就像人在挥手告别。

哈维很快发现，挂上停泊帆、时走时停的"四海为家"号和那个扬帆向西南方返航的"四海为家"号简直就是两条船。就算风微浪稳，舵轮也会不断反跳，他甚至能感觉到底舱沉甸甸的货物正在波涛汹涌的大海里奋力前行，船两侧飞溅起的浪花让他目眩神摇。

屈劳帕吩咐众人不断调整船帆方向，直到船上的帆全都被调整得如赛艇上的帆一样妥帖，丹还得继续在中桅大帆处坚守，在航行过程中，随时扳动那张帆。堆在一起的鱼每时每刻都在淌出卤水，这对它们的品质很有影响，所以只要一有空，众人就得去抽水。不过，由于不需要再执行捕鱼任务，因此哈维总算有时间从另外一个视角去欣赏大海了。满载的双桅船船舷不高，这给了大家和大海亲密接触的机会。大家几乎看不到水天相接处，除非船被推到浪尖。大部分时间，船都起起伏伏、摇摇摆摆、巧妙且坚定地在时而呈现灰色，时而呈现蓝灰色，时而呈现黑色的浪谷中穿梭,船尾留下一道道飞溅而起的泡沫条带;有时候,它又会侧过身子,和一些较大的浪峰擦肩而过,那姿势既像逗弄,又像爱抚,仿佛在说:"我相信你肯定不会伤害我,我只是一个小小的'四海为家'号。"随后它便微笑着转身滑了过去,直到被下一波莽莽撞撞的浪头拦住。日复一日、每时每刻都在海上过着枯燥乏味生活的人,即使再无趣再沉闷,也必然会被眼前的景象所吸引。哈维根本就不是无趣沉闷之人,他欣赏着眼前的景象,觉得那浪花翻滚持续不断地发出着的撕裂声正如一首朴实无华的大合唱;他欣赏着疾风从辽阔无边的海面掠过,觉得那是风在放牧海上紫蓝色的云影;他欣赏着海天相接处旭日东升的壮丽景色;欣赏着晨雾笼罩又再度匆匆散去;欣赏着正午刺眼的阳光;欣赏着细雨亲吻一望无垠的蔚蓝大海;欣赏着黑夜降临,万物皆被夜幕笼罩;欣赏着月光照耀下大海上的粼粼波光,斜桅仿佛戳到了低垂的星斗。每每此时,他总会去跟厨师要一个甜甜圈。

不过,两个小伙子被吩咐去掌管船舵才是最有趣的。汤姆·普拉特站在命令可以顺利被听到的范围里, "四海为家"号仿佛俯下了身，下风的栏杆击碎了海上的碧波，在绞车上空映出一道小小的人造彩虹。帆杠的夹片倚在桅杆上呜呜作响，就像是在哀诉；帆布也呼呼地响着，帆篷兜满了呼啸的海风。"四海为家"号滑入浪谷，又摇摆向前，那样自己就像是一位妇女不小心被自己身上的丝绸裙子绊了一跤；船驶出浪谷，船头的三角帆有一半都被打湿了，然后它就会万分留恋地向撒克岛的双灯塔凝望去。

驶离灰蒙蒙、冷飕飕的纽芬兰大浅滩，经过圣·劳伦斯海峡时，他们和往魁北克运送木材的、大多船员来自西班牙和西西里的横帆双桅船相遇了。在来自阿蒂蒙浅滩的东北大风的帮助下，他们顺利抵达了塞布尔岛以东，屈劳帕无心欣赏此处的风景，和那条船一同驶经惠斯顿和里哈佛尔，抵达了乔治斯最北端。两艘船就此别过，驶向了各自的星辰大海，"四海为家"号开开心心地踏上了南归之路。

"用不了多久就能见到哈蒂啦！哈蒂，还有妈妈。"丹向哈维吐露衷肠，"我看从下周起，你就要专门雇个人给窗子泼水啦，不然根本没法入睡。我想你得和我们一起生活，直到你家来人接你。你知道上岸之后，做什么事是最舒服的吗？"

"洗个热水澡？"哈维说这话时，因为寒冷导致水汽凝结，所以眉毛有些发白。

"洗热水澡的确不错，不过，要是能穿着长睡衣入睡，就更完美了。自打咱们扬帆出海，我就对长睡衣日思夜想——穿上长睡衣，脚指头可以随意活动。妈妈肯定早就给我做好了全新的长睡衣，而且洗得软软的了。哈维，那就是家，就是这个样子！在空气中就能闻家的味道。这会儿咱们就快驶入暖流里啦，我甚至闻到了月桂的清香。不知能否赶得上回家吃晚饭。左舵！"

风停了，船上的帆有气无力地拍打着，奄拉下来；浪静了，周围尽是湛蓝大海。他们期盼着风的到来，谁承想却下起了雨。大雨点像箭一样射入大海，海面上泛起了无数水泡，电闪雷鸣随之而来。两个小伙子光着膀子光着脚躺在甲板上，争相诉说着上岸之后自己要点的第一道菜是什么，此时，陆地已是咫尺之遥。一条捕捞剑鱼的格罗萨斯脱小船从他们身旁飘过，一名水手站在第一斜桅的小操纵台上，手里握着渔叉，湿淋淋的头发紧紧贴在了脑袋上。

"一路顺风！"他大喊着，就像是某艘大班轮上的值班水手一样，"伏弗曼正等着你归航，屈劳帕。船队里有没有发生什么新鲜事？"

屈劳帕用力喊了几声，就和那条船渐行渐远了。就在这时，夏日的雷声轰隆隆地响了起来，闪电从四面八方袭来，将海峡沿岸都照亮了。格罗萨斯脱港四周的矮山、坦庞德岛、一排排鱼栈、密密麻麻的屋顶、水里的标杆和浮标，种种一切仿佛让人目不暇接的照片一样，一晃闪现又再次消失。"四海为家"号缓缓进入海港，只留下浮标在它身后悲鸣呼啸。雷阵雨渐渐停了，一道道长长的蓝白色山顶犹如利剑般划破天空。雷声乍起，犹如迫击炮的炮弹炸裂，星空下的空气被震得颤动几下，接着再度归于寂静。

"旗子！下半旗！"屈劳帕突然指着上方说道。

"怎么了？"杰克说。

"奥托！下半旗。咱们已经进入岸上的可视范围了。"

"我完全忘了！他不是格罗萨斯脱人，对么？"

"不过，他今年秋天要娶的那位姑娘是。"

"愿圣母马利亚怜悯！"杰克边念叨边将那面小小的

旗子降了半桅，以此寄托对奥托的哀思。三个月前，在里·哈佛尔，他被大风刮下船淹死了。

屈劳帕一把抹掉了眼角的泪水，轻声下令，将"四海为家"缓缓驶入伏弗曼码头。船绕过码头摇晃起伏的绳索，一片漆黑中，传来了守夜人的喊话。不考虑这无边的黑暗还有那神神秘秘的靠岸过程，哈维觉得自己再次进入了大地的怀抱，虽然大多数人都已进入梦乡，但雨后泥土的气息，货场里火车头发出的熟悉的"噗噗"声，都让他的心怦怦地跳个不停，就连嗓子眼儿都发干了。值班水手的鼾声从灯塔旁的滑车铁钩处传来，他们探头去看，只见漆黑一片的码头两侧各有一盏灯。有人醒了，嘴里咕咕哝哝地说着什么，丢给他们一根缆绳，他们就悄无声息地把船稳稳当当地停在了码头上。码头两旁全是铁皮屋顶的大货舰，一声不吭地在那里伫立着，空空荡荡却十分暖和。

哈维坐在舵轮旁边，不停地抽噎着，伤心极了。就在此时，一位身量高挑的妇女，从码头上的磅秤旁边站了起来，来到双桅船上，亲吻了丹的脸颊。这就是丹的母亲，在闪电的照耀下，她看到了正在入港的"四海为家"号，于是专程赶了过来。一开始，她并未留意到哈维，哈维逐渐平静之后，经过屈劳帕的介绍，她才对他有些了解。天刚蒙蒙亮，哈维跟着他们回到了屈劳帕的家。

电报局还未开门营业，哈维无法给家里去电报。此时此刻，哈维应当算得上是全美国最孤独的男孩了。哈维哭的时候，屈劳帕和丹一点都不意外，这才是最奇怪的。

收鱼人以尚未做好收购准备为理由，回绝了屈劳帕的要价。屈劳帕对他们说，"四海为家"号至少比其他渔船早到一个礼拜，船上的鱼才全都卖了出去。于是，船上所有人都上街闲逛去了。

丹觉得自己在海上表现很好，因此万分自豪，每天都耀武扬威地在家里闲逛，长满雀斑的鼻子都快伸到天上去了。

"丹，你要是再这样，肯定要挨揍了。这次上岸之后，你太肆无忌惮了。"屈劳帕一脸严肃地说。

"他要是我的孩子，我早就动手了！"和宾一起在屈劳帕家借宿的萨尔特斯叔叔满脸嫌恶道。

丹拿着手风琴跑进后院，做好了随时翻墙逃走的准备，开口道:"爸,你别忘了,我曾经提醒过你的。要是出了纰漏,绝不是我的过失,我会一直在甲板上盯着。至于你,萨尔特斯叔叔,咱们走着瞧。早晚有一天,你就会跟你那该死的三叶草一样被犁进地里。不过,我——丹尼·屈劳帕,却会如青葱的月桂树一样生机勃勃,这完全是因为我从不固执己见。"

屈劳帕脚上穿着一双漂亮的绒毡拖鞋,一边吞云吐雾,一边摆出一副高高在上的架子,说:"我看你跟哈维一样,精神有问题。你俩天天四处疯跑傻笑,吵吵嚷嚷,没完没了,吃饭的时候还要在桌子底下踢来踢去,把家里搞得鸡飞狗跳。"

丹回击说:"对某些人来说,鸡飞狗跳的日子还多着呢,咱们走着瞧!"

他和哈维搭乘有轨电车出门,从月桂树丛钻过去,来到灯塔底下,躺在大大的卵石上,不停地笑着,笑得肚子都疼了。哈维早就让丹看过电报了,他们两个约定,不到最后时刻,绝不开口。

"我看哈维的家人也没他说的那么神气!否则,咱们早就该听说他们的消息啦。他爸在西部开了个店，爸，说不准他还会拿出五美元，当作你救他儿子的酬谢。"吃完晚饭之后，丹不动声色地说。

萨尔特斯一脸嫌厌地说："丹，我早跟你说过，别往食物上喷口水！"

第九章

　　身为亿万富翁，不管心里多么苦恼，也不得不和其他人一样，看管自己的生意。六月份，老哈维·切尼来到东部，前去看望并接回了一位精神几近崩溃，夜夜梦到自己儿子淹死在了茫茫大海里的妇人。在他的安排下，这个妇人身边围满了医术精湛的大夫、专业过硬的护士、手法娴熟的按摩师，还有做心理治疗的人。然而，所有人都对她束手无策。切尼夫人不是躺在床上长吁短叹，就是逮住那些肯听她絮叨的人，一说起自己儿子就是一个钟头。她心如死灰，没有人能让她重燃希望。她只想听人向她保证，落水这件事并不那么痛苦。她丈夫只得寸步不离地守着，以免她亲自跳入海中尝试。老哈维·切尼一般不会说起内心的伤痛，可是某天，翻阅着写字台上的日历，才意识到自己内心是多么苦楚，不由得想："再这样下去怎么得了？"

以往，他心里一直埋藏着一个美好的愿望：在未来的某一天，孩子学成归来，他便急流勇退，亲自教导孩子继承自己的事业。他和天下那些劳碌的父亲并无区别，寄希望于孩子能快速成为自己的助手、伙伴和同盟。往后的岁月中，他们父子二人一起，轰轰烈烈做出一番事业——他来出谋划策，儿子则冲锋陷阵。可如今，他的孩子没了，掉进海里，死不见尸，和自己名下一艘运茶大船上的一名瑞典水手一样；他的夫人也行将就木，真实情况其实比行将就木还要糟糕；他自己也被家里的那群女眷、大夫、护士和佣人死死缠住，加之妻子终日忧思及反复无常的古怪想法，直教他一再忍耐、无计可施，根本没有心思和对手竞争。

他带着妻子住进了圣迭戈设备尚未齐全的新府邸，妻子和照顾她的人住在了奢华的厢房，切尼住进了一间连廊房，把秘书及兼任电报员的打字员安排在了隔壁，每天为了各种各样的事务劳碌着：西部四家铁路公司爆发了价格之争；在俄勒冈的木材基地爆发了大罢工；加利福尼亚州议会见利忘义，正打算公开反对他。

往常若是碰到这种情况，他早就跃跃欲试地明里暗里开始斡旋。如今，他有气无力地瘫在椅子里，任由黑色软帽盖在鼻子上，渐宽的衣带套在往日魁梧的身体上，双眸或是盯着自己的靴子，或是盯着港湾中的中国舢板。他将周六的邮件打开，心神恍惚地支应着秘书的提问。

切尼不知道，放下所有置身事外的事需要付出多大的代价。他购买巨额保险，还可以拿到利息丰厚的年金，或许去科罗拉多随便某个地方，抑或是华盛顿和南加利福尼亚群岛的小社会（有利于妻子恢复），才能不再想起那如梦一场的宏图大志。而且……

打字机的嗒嗒声停住了，女打字员看着脸色转白的秘书。秘书交给了老切尼一封来自旧金山的电报：落水，被"四海为家"号所救。在纽芬兰大浅滩捕鱼，一切都好。现在马萨诸塞州格罗萨斯脱狄斯柯·屈劳帕家中等待汇款或吩咐。母亲身体可好？哈维·切尼电。

这位父亲将头倚在写字台的盖板上，喘着粗气，任由电报飘落于地。秘书赶紧叫来了切尼夫人的大夫，大夫过来时，切尼却在屋里踱来踱去。

"你什么看法？是真的吗？会不会是陷阱？我猜不透。"他大嚷道。

"我确定，我只是一年少七千美元收入而已，绝对不是昏了头。"大夫想起自己经营的诊所，因为老切尼的威逼利诱，才忍痛停业，做起了私人医生。他叹了口气，将电报交还给切尼。

"你确定要对她说？这要是一个骗局怎么办？"

"动机呢？一查就清楚了，这电报肯定是你儿子发来的。"大夫十分冷静地说。

一位法国女佣冒冒失失地闯进屋来，事务繁忙的人花高薪聘请的佣人都是这个样。

"切尼夫人说请您立刻过去，有急事。"

身价三千万美元的主人垂着脑袋，顺从地跟着苏珊娜出了门。方形白木大楼梯上面传来了一个有气无力的尖声叫喊："怎么了？到底怎么了？"

丈夫将电报之事和盘托出，一声没有一扇门可以挡得住的尖叫响彻整栋府邸。

"妥了。金西小姐，小说里治病救人的情节唯一符合实情的地方就是，快乐不会要人命。"医生十分平静地对打字员说。

"我知道，可是我还有许多工作。"金西小姐的老家在密尔沃基，向来开门见山。她始终惦记着秘书，估计这会儿还有工作需要处理。秘书正在端详墙上那幅巨大的美国地图。

"米尔森，咱们得乘坐专列横穿整个美国，直达波士顿。相关事宜需要你去联系接洽。"切尼一边下楼一边喊道。

"我也是这样想的。"

秘书转头看向打字员，二人四目相对（由此还引发了一个故事，只是和本故事无关）。她满脸狐疑地看着他，不知道他的安排是什么。他像位临阵的将军一样，挥手让她去拍电报。随即，他抬起手，学着音乐家的动作理了理自己的头发，眼睛望着天花板，指挥了起来。与此同时，金西小姐白皙的手指开始在打字机上敲击，和美国大陆的电报公司取得联系。

"发给洛杉矶的K.H.韦德——'康斯坦塞'号在洛杉矶，是吧，金西小姐？"

"是的。"金西小姐点头回应，手里的敲打一刻未停。秘书看了一眼手表。

"准备好了吧？速将'康斯坦塞'号私人列车发至此地，兹定于周日特别发车，于下周二抵达芝加哥，和纽约十六号专用线的特快列车对接。"

滴滴答答——滴滴答答！"是否还有更优路线？"

"这就是最优路线，从这里出发去往芝加哥需要六十个钟头。一辆去往东部的专列可以达到这个速度，已经不错啦。准备好了没有？同时安排'湖滨'号和'密执安南部人'号，做好迎接'康斯坦塞'号的准备，经由纽约中央铁路——哈得孙河线，经由布法罗站抵达奥尔巴尼。分别通知布法罗站和奥尔巴尼站，并安排经由奥尔巴尼抵达波士顿。兹定于周三傍晚抵达波士顿，务必确保畅通无阻。另外，分别致电坎尼夫、陶赛和巴恩斯三站，落款切尼。"

金西小姐点了点头，秘书接着吩咐道：

"然后电告坎尼夫、陶赛和巴恩斯站。准备好了吗？请芝加哥坎尼夫站知悉，务必保证在下周二下午私人列车经由十六号专用线对接纽约直达布法罗的高级快车，然后取道纽约中央铁路赶往奥尔巴尼站。金西小姐，你去过纽约没有？咱们总会去那里的。准备好了吗？私人列车将于下周二下午由布法罗对接奥尔巴尼特别快车。接下来发给陶赛站。"

"我没去过纽约，不过没人不知道那个地方。"金西小姐仰头道。

"抱歉。这封发给波士顿、奥尔巴尼和巴恩斯车站，指令如上，经由奥尔巴尼抵达波士顿。下午三点零五分准时发车（这个不用发），周三下午九点零五分抵达。这是韦德的全部安排，只是要把所有站长都惊动一遍。"

"真是太棒了。"金西小姐无限敬佩地望了秘书一眼。她欣赏的就是这样的男人。

"还不错。"米尔森谦逊道，"不过说实话，要是换了别人，估计至少得耽误三十个小时，跑这一趟至少得花费一周时间，肯定没人能想到取道圣多菲直达芝加哥。"

"不过，就算是乔赛·迪普本人，也未必能把'康斯坦塞'号挂到那列纽约特别快车上。"金西小姐尽量平静地说道。

"你说得没错，不过他不是乔赛，而是切尼，'闪电切尼'，说到做到。"

"也对，我觉得咱们还是应该先给那个孩子发个电报。无论如何，都不能忽略这件事。"

"我去请示一下。"

他带着哈维父亲的信回来了，信中叮嘱哈维一定要在指定时间到波士顿会合。此时，秘书发现金西小姐正对着电报机的按键不停地笑，他也跟着笑了，原来洛杉矶发回加急电报，说："我们想弄清楚原因是什么——原因是什么——原因是什么？一股波及众人的不安已然滋生，并呈蔓延趋势。"

十分钟后，芝加哥方面回电如下："如果本世纪最大的动乱即将发生，请一定及时电告，以便我们早做准备。"

切尼看到大家的回电，对老对手的慌乱报以冷笑："他们还当咱们是要打仗呢！米尔森，你去对他们说，我并无开战的打算，另外也说一说咱们此行的目的。虽然并无在途中办公的打算，但我认为你最好和金西小姐一同前往。跟他们实话实说，这一次，咱们绝不隐瞒。"

因此，实情被公布了。金西小姐全心全意地发着电报，秘书还临时加了一句："咱们讲和吧！"分散在两千英里之外的某些会议室中能够操纵六千三百万美元资产的各条铁路线的代理人总算放下心来。切尼的独子奇迹般地生还了，他迫不及待地想要见到他。那头老熊是在找寻自己的幼崽，而非猎物。那些心狠手辣的家伙原本已经拔刀出鞘，做好了为捍卫经济命脉拼死一战的准备，如今他们放下了武器，祝他一路顺风。还有五六个微不足道的小公司，原本仓皇失措的他们竟然来了精神，公然声称若是切尼不肯罢休，他们定要让他见识见识自己的厉害。

这个周末，电报线路异常忙碌。如今，大家顾虑全消，各个城市的工作人员都开始了紧张的筹备工作。洛杉矶给圣迭戈和巴斯托发电报，要求南加利福尼亚的司机按照要求赶往各机车段待命；巴斯托传令大西洋—太平洋海岸铁路线，阿尔伯克基路段要求艾奇逊、托皮卡以及圣多菲沿线全体管理人员随时待命，就连芝加哥的管理人员都接到了这一命令。一列载着机组人员的混合机车和那辆金碧辉煌的"康斯坦塞"号私人列车即将全速驰骋在二千三百五十英里的铁路线上。这一路，一百七十七次过往列车要为它让路，而且命令已经下达给了所有调度员及上述列车的机组人员。这次行程一共需要十六节火车头、十六名司机、十六名司炉工密切配合。每次只有两分半钟的时间来更换火车头，三分钟的时间来加水，两分钟的时间来加煤。"请所有工作人员知悉，因为切尼的行程十万火急，请务必保证水柜、斜槽充足无误。"电报滴滴答答响个不停，"车速不得低于一小时四十英里，各分段负责人务必恪尽职守，亲自值班，为特别列车通过服务。从圣迭戈到芝加哥第十六专用线，全部铺设魔毯，抓紧时间，抓紧时间！"

周日清晨，坐在由圣迭戈飞速驶出的列车上，切尼说："天已经暖和了，咱们得抓紧时间，越快越好，夫人。我觉得你根本没有必要戴帽子和手套，不如喝了药，躺下歇会儿。我原打算多陪你玩一会儿多米诺骨牌，可是今天是周日。"

"我没事，真的没事。不过，你不要拿走我的帽子，我总感觉似乎永远都无法抵达那个地方。"

"尽量先躺一会儿吧，夫人，等你睡醒，咱们就到芝加哥了。"

"不过，咱们的目的地是波士顿呀。跟他们说，加快速度。"

直径六英尺的轮子拉着专列轰隆驶过圣·布那的诺和莫哈夫荒原，可是显然无法在这里加速，只能稍后再说。列车转向东部，驶经尼达尔斯和科罗拉多河谷时，荒原地带的炎热变成了丘陵地带的炎热。在干旱的包围中，在阳光的照耀下，列车轰轰驶过。佣人们给切尼夫人的脖子冰敷降温。长长的斜坡上，火车吃力地爬行着，驶经阿什福克分水岭向弗拉格斯塔夫开去。那一带，天空晴朗，空气干燥，遍布森林和采石场。速度表上的指针轻轻摆动着，车顶上的烟囱口呼呼响着，极速前进的车轮卷起尘土，在车轮后打着旋。身穿短袖衬衣的机组人员在各自的铺位上坐着，全都张大嘴巴用力呼吸。没多久，切尼就和他们打成了一片，在车轮的隆隆声中，大声说着人尽皆知的、和铁路有关的故事。他向大家讲起了自己的儿子，讲大海是怎样网开一面，让他的儿子起死回生，大家不停地点头称是，积极附和着他的话题。时不时地还会关心一下后面车厢里的夫人，问切尼若是司机加快速度，夫人能不能承受。切尼觉得夫人一定没问题。这批巨龙火力全开，一路从弗拉格斯塔夫飞奔到温斯洛。直到下一分段的管理员极力抗议，速度才有所减慢。

在包厢里，尽管切尼夫人早已吓得面如死灰，身子倚在车厢门的银把手上不停呻吟，但她还是请求丈夫加速。因此，没过多久，干燥的沙漠以及亚利桑那的群山就被远远地抛在了身后。他们一路饱受酷热折磨，随着车钩的咣啷声以及刹车的呼哧声，他们终于抵达了库里奇——落基山脉的分水岭。

三名机组人员有胆有识有经验，刚接班的时候冷静、从容、自信，身上也都十分干爽；经过一路飞驰，全都面容惨白、瑟瑟发抖、汗流浃背。列车由阿尔布开克攀上格洛里塔的大坡，穿过斯普林尔，穿越州界上险峻的拉顿隧道，随后便急转直下，进入拉·洪达山谷，经过阿肯色河之后，驶下一道长长的斜坡，到达了目的地。直到这时，切尼才松了口气，因为他的手表显示，列车提前了一个钟头。

车上鸦雀无声。秘书和打字员在车厢末尾，坐在西班牙印花皮革坐垫上，透过车窗上的玻璃，看地上的枕木迅速退去，挤作一团，据说他们这是在记录沿途景色。切尼叼着并未点燃的雪茄，在奢华的专列与空荡荡的机车间来回踱步。目睹此景的机组人员大受感动，竟然忘了他是公司"公敌"，全都尽己所能地满足他的要求。

夜晚降临，一盏盏电灯被打开了，照亮了这座无限奢华却又满是焦虑的"宫殿"，他们的晚餐极其丰盛，窗外却是空旷凄凉的原野。他们听到水箱处哗啦啦的水声，带着浓重口音的华工的说话声，用锤子敲打检查克鲁伯钢铁车轮的叮当声，走在月台上驱赶流浪汉的咒骂声，煤块被卸进煤水车中的沉重哗啦声，以及列车从停下等候的另一辆列车旁经过的呼啸声。他们望向窗外，万丈深渊就在脚下，车轮时而从高架桥上滚滚驶过，时而向着遮挡半边星空的峭壁攀缘而上。没多久，连绵起伏的群山代替了悬崖和峡谷，低矮的丘陵又代替了连绵起伏的群山，最终，列车驶入了辽阔无边的平原。

在道奇城里，不知道是谁将一份刊登有哈维报道的堪萨斯报纸扔上了火车。显然，哈维在波士顿拍电报的时候邂逅了一位嗅觉灵敏的记者，由记者字里行间透出的欢快情绪可以知道，他采访的的确是他们的孩子。切尼夫人听到这个消息，悬着的心总算放了下来。在尼克生、托皮卡和马塞林，切尼夫人向司机传达的唯一命令就是："加速！"这些区域地势平坦，行车难度小，因此他们很快就驶离了美洲内陆。渐渐地，城镇不断密集，四周有了烟火气。

"我的眼睛有点疼，根本看不清仪表盘。咱们的车速怎么样？"

"夫人，时速已经最快了。特别快车还没就位，咱们到了也得等着。"

"我不管。我要车是行进的。坐下，告诉我车速是多少？"

切尼坐下来，开始上报仪表盘上的车速（有几个时段，速度已经达到了最快）。七十英尺长的私人列车带着蒸汽船那样的轰隆声，如同一只巨大的嗡嗡叫着的蜜蜂，在酷暑中穿行。然而，这个速度依旧无法让切尼夫人满意，不过，八月的酷暑已经将她折磨得头昏脑涨。就连钟表上的指针似乎都懒得动弹了，哎哟，再过多久，再过多久他们才能抵达芝加哥呀？

有传言说，列车在福特·米德生换火车头时，切尼向火车头司机兄弟联合工会捐赠了一笔足以让他们在今后和切尼及其手下相抗衡的捐款，这显然并不属实。实际上，为表谢意，他的确给予了司机和司炉工一定的报酬奖励，不过，具体数字，恐怕只有银行账户才知道。相传，最后一组机组工作人员负责十六号专用线上的转轨事宜，切尼夫人碰巧有了困意，若是有人在这个过程中打扰了她，那后果恐怕只有天知道啦。

一名高薪聘请的专家负责将对接好快车的专列由芝加哥开往埃克哈特，此人作风霸道，根本不肯听取旁人关于倒车对接私人车厢的建议。尽管如此，他操作"康斯坦塞"号时，依旧谨小慎微，就像正在操作一列满是炸药的列车似的。就算机组人员看不惯他的做派，也只能偷偷摸摸地指点或者小声议论。

"呸！我们可不是为了创造纪录。当时哈维·切尼的夫人身体不适，我们不希望她受颠簸之苦。在这种情况下，我们一路从圣迭戈抵达芝加哥，共计用时五十七小时五十四分。你应该对东部客车的人说，若是为了创造纪录，我们肯定会提前声明的。"那几个负责艾奇逊、托皮卡和圣多菲人车组的工作人员提及往事时如是说。

在西部人眼里，芝加哥和波士顿的工作人员根本就是一丘之貉，而且某些铁路段的确也有用这种误解创造纪录的想法。特别快车像一阵风似的，拉着"康斯坦塞"号经过布法罗、纽约中心—哈得孙河支线（一路上总是有胡子花白、挂着金表链的名商大贾专程登车拜访切尼），紧接着，"康斯坦塞"号从容地驶入奥尔巴尼，顺利完成了波士顿—奥尔巴尼路段的路程。全程共计用时八十七小时三十五分钟，也就是三天零十五个半小时。哈维正在那里等着他们。

在一番让人感动万分的团圆之后，大部分人，尤其是小孩子，都饿了。他们将欣喜暂时放下，拉开窗帘，伴着火车进出站的呼啸声，宴请了归来的浪子。哈维一边吃喝，一边诉说着自己的经历。只要他一只手腾空，母亲便会立即紧紧握住，不停爱抚。海上的风水雨淋，让他的嗓音变得浑厚、手掌变得粗糙，还在他的手腕上留下了伤疤，在他的胶靴和蓝色运动衫上留下了浓浓的鳕鱼味道。

向来擅长识人的父亲目不转睛地看着他，不知道自己的儿子经受了多少苦难。实事求是地说，他猛然发觉，自己以前对儿子所知甚少。在他的记忆里，有一位面如傅粉、胡搅难缠的少年，只要稍不如意，就会对自己的父亲口出妄言，还会以气哭母亲为乐。这个混世魔王还是各种公共场所的笑柄，最喜欢捉弄、谩骂服务员。可是，如今眼前的渔家少年，身体结实，动作沉稳，目光坚定且清澈，面对父亲毫不畏缩，就连说话的声音都那么清晰，举手投足都那么彬彬有礼。他的话语让人相信，这是一种永恒的改变，一个全新的哈维诞生了。

“一定是有人逼他的，‘康斯坦塞’号上绝不会允许这种事的发生，就算是去欧洲学习，也不一定能见效这么快。"切尼暗暗想道。

"那怎么不向那个屈劳帕亮明身份呢！"在哈维把自己的经历讲了两遍之后，母亲依旧苦苦追问。

"他叫狄斯柯·屈劳帕，是我见过的最优秀的掌舵人，没人能和他相提并论。"

"你怎么不让他送你回家呢？你知道的，你爸至少会给他十倍补偿。"

"我说啦，不过他觉得我精神有问题。而且，我口袋里的钱不见了，还说他是贼。"

"当晚有一位水手在旗杆旁边捡到了那些钱。"切尼夫人哽咽道。

"这就对了。实际上，我一点都不怨屈劳帕，我只是不想干活，不愿意在渔船上待着。因为这个缘故，他打了我鼻子一拳，唉哟，打得我鼻血直流，就像是挨了一刀的猪。"

"我可怜的小乖乖呀！他们肯定拼命折磨你了。"

"没有，而且，自那之后，我就想通啦。"

切尼拍着大腿，脸上浮出了一抹微笑——这就是他一心盼望着儿子成为的样子。在此之前，他从未从哈维的眸子里见过那种熠熠闪光的神采。

"他一个月付我十块半工资，这会儿才给了一半。我和丹交好，总是一起努力干活。虽然现在我还不是一个真正的水手，但是操控平底船的技术已经和丹相差无几了。而且，就算身在大雾之中，我也不会惊慌失措——不会像以前那样惊慌失措啦。在风浪不大的情况下，我甚至可以掌舵开船。而且，我还会给排钩装饵，认识了船上的绳索们，还可以扔很长时间的鱼，对《约瑟篇》也熟悉了不少。等有时间了，我想给你们表演用鱼皮过滤咖啡。唔，我想再喝一杯咖啡，拜托你啦，多谢。而且，你们肯定做梦都想不到，一个月十块半的工资，竟然要付出那么多劳动！"

"我的儿子，我刚工作的时候一个月只挣八块半。"切尼说。

"真的？你可从来没跟我提过，爸爸。"

"你也没有问过呀，哈维。要是你愿意听，我找时间给你讲讲。再来个糖渍橄榄吧？"

"屈劳帕说，发现他人的谋生方式，是这个世界上最有意思的事情。能再次这样好好坐着吃顿饭真是太棒了。不过，我们在船上吃得也挺好，屈劳帕给我们准备的伙食是大浅滩上最好的。他特别厉害，还有他的儿子丹，我们是好朋友。还有萨尔特斯叔叔，一张口就是肥料，还特别喜欢阅读《约瑟篇》，直到现在，他都觉得我精神不正常。还有可怜的小个儿宾，他才是真的精神不正常呢，我们根本不敢当着他的面说约翰镇，因为……喔，你们一定要认识一下汤姆·普拉特、杰克，还有曼纽尔。是曼纽尔救了我的命，只可惜是个葡萄牙人，他少言寡语，很有音乐素养。他发现我被掀进了大海，就把我救上了船。"

"你竟然没有精神崩溃，真是不可思议！"切尼夫人说。

"妈妈，你怎么这么认为？我干活的时候像牛马，吃饭的时候像猪，睡觉的时候像死人。"

切尼夫人根本听不得这种话，这让她的脑海中再次出现了尸体在大海上漂浮的场景，于是她回包厢去了。哈维依偎在父亲身旁，诉说着自己对那群伙伴们的感激之情。

"哈维，你大可放心，我一定会不遗余力地帮助他们的。

他们都是好人，从你的话里能听出来。"

"是的，他们是所有船队里最好的，你尽可去格罗萨斯脱打听。不过，时至今日，屈劳帕依旧觉得是他治愈了我的疯病。你，咱们家的私人列车，还有其他事，我只对丹提起过，而且，我并不知道丹是不是相信我的话。明天我就要让他们惊掉下巴。爸爸，能不能让人直接把'康斯坦塞'号开到格罗萨斯脱？妈妈身体不适，不宜颠簸。而且，我们明天就得把鱼全部卸下船，鱼全被伏弗曼买下啦。我们是本季最先离开纽芬兰大浅滩的，所以每公担鱼可以卖到四元两角五美分。我们打死不让价，他们不情不愿地答应了，要求我们尽快卸货。"哈维说。

"你是说你明天还要干活去，是不是？"

"我答应过屈劳帕负责过磅，账本都随身带着呢！"他一本正经地向那个油腻腻的笔记本看了一眼。这个举动让他的父亲激动万分，甚至连话都说不出来了。"据我计算，应该还有三百公担在船上，不对，是二百九十四到二百九十五公担。"

"要不雇个人替你干。"切尼试探道。

"不可以的，爸爸。我是双桅船上的理货员，屈劳帕说我很聪明，比丹会算账。屈劳帕为人很公正的。"

"唔，要是我今天晚上不把'康斯坦塞'号开过去，你打算怎么处理？"

哈维向钟表望了一眼，确认当前的时间是十一点二十分，便说："那我就在这儿睡到三点钟，然后坐四点的货车走。按照规定，搭载船员是免费的。"

"这个主意不错，不过我还是打算把'康斯坦塞'号开过去，不会比货车到得晚。你最好抓紧时间睡一会儿。"

哈维在沙发上躺下，将胶靴蹬掉，父亲还没来得及把灯光挡住，他就进入了梦乡。切尼坐下来，伸出手臂替儿子挡住了灯光。看着儿子稚气未脱的脸庞，切尼思绪万千，他觉得或许自己并不是一位合格的父亲。

他说："有时候不赌一把，根本无法了解真相。或许，这比淹死更为糟糕，不过我并不觉得这是个圈套，我一点都看不出来这是圈套，就算真是圈套，我也报答不了屈劳帕的救命之恩，对，这绝不是圈套。"

清晨，清新的海风吹入车窗，"康斯坦塞"号在格罗萨斯脱货车间的侧轨上停下，哈维干活去了。

"他不会再掉下船卷入大海吧？"切尼夫人心疼地说。

"咱们看看去吧，万一真掉下了船，咱们还能给他扔根绳子。咱们还从未见过他自力更生呢！"切尼说。

"真是瞎说，难道还真指望他……"

"对呀，雇他干活的人指望他自力更生呢！而且我觉得他的做法没错。"

他们穿过两旁尽是卖油布雨衣店铺的小路，来到伏弗曼码头。"四海为家"号停在那里，旗子还在迎风招展，明媚的晨光下，众人都在忙着卸货。屈劳帕站在舱口盖处指挥，曼纽尔、宾和萨尔特斯叔叔负责吊滑车，杰克和汤姆·普拉特负责装筐，丹负责将整筐鱼推到船边。哈维站在撒满盐花的码头边，代表"四海为家"号和码头上的职员一起过磅。

"预备！"舱内传出几个人的喊声。"吊！"屈劳帕喊道。"好嘞！"曼纽尔说。"来啦！"丹边说边将一整筐鱼推到了船边。随后是哈维清晰明亮的嗓音，报着鱼的重量。

哈维盯着最后一筐鱼过完秤，从六英尺高的纵梁跳到了绳梯的横索上，抄着近路来到了屈劳帕面前，将账本递给屈劳帕，说："二百九十七公担，全部出清！"

"哈维，一共多少？"屈劳帕问。

"八百六十五公担，三千六百七十六元二角五分。希望我能拿到工资和奖金。"

"放心吧，哈维，少不了你的。你愿不愿意去伏弗曼办公室一趟，把咱们的账单拿给他？"

"那个小伙子是做什么的？"切尼故意问丹说。

丹早就习惯了那些无聊避暑客的各种问题，于是回答说："应该说是货物管理员吧，他是我们从纽芬兰大浅滩的浪涛里救上来的。他自己说是班轮上的乘客，不小心被卷进了大海。不过，如今他也算是一名渔夫啦。"

"他做渔夫还算合格吗？"

"当然。爸，这个人想知道哈维是不是合格的渔夫。我说，你们想不想去船上看一看？我们可以给这位夫人放把梯子。"

"我的确想去船上看一看。夫人，你不要担心，亲眼看看总是好的。"

一周之前，这位夫人还病得抬不起头来，如今，竟然爬过梯子，呆若木鸡地站在了乱七八糟的船尾。

"你们好像很关注哈维？"屈劳帕说。

"嗯，是的。"

"他很好，不管让他干什么，他都能做出个样子。你知道他是怎么到船上来的吧？我觉得他刚被救上船时可能有点精神失常，也可能是磕到了脑袋。不过，现在都好了，他正常得很。唔，这就是船舱，里边有些乱，但还是欢迎你们随意看看。烟囱管上的数字是他写的，我们有事一般都记在那上面。"

"他就在这个地方睡觉？"切尼夫人在一个黄柜子上坐下，看着乱糟糟的铺位问道。

"不是，前面是他的铺位。他待在这儿要么就是想跟我儿子一起偷煎饼，要么就是该睡不睡瞎琢磨。除了这些，他好像没有其他毛病。"

"哈维还是犯过错的，他把我的靴子挂在主桅杆上，而且根本不知道尊重那些比他博学的人，尤其是在农业方面比他博学的人。不过，或许是丹把他带坏了。"萨尔特斯叔叔一边从梯子上走下来一边说道。

这个时候，一大早就暗中得到哈维消息的丹在甲板上煽风点火，他小声冲着船舱里的人说："汤姆，汤姆！哈维的家人来了，我爸还没反应过来，还在船舱里跟他们闲聊呢。他妈妈真好看，他爸爸跟哈维描述的一模一样。"

"上帝呀，所以，那个孩子讲的故事，还有四匹小马拉的马车，都是真的？"身上沾满盐花和鱼鳞的杰克爬出船舱说。

"是呀，咱们赶紧去看看我爸怎么收场吧。"丹说。

他们乐呵呵地走过去，刚好听到切尼说："真为他养成了这样的好品格而高兴，他是我的儿子。"

屈劳帕差点惊掉了下巴——杰克几次赌咒发誓说他曾听见咔嚓一声响——来回打量着那对男女。

"四天前，我们在圣迭戈收到他发来的电报，就赶紧过来了。"

"坐私人列车来的？"丹问，"哈维以前提过。"

"对，我们是坐私人列车赶过来的。"

丹对着父亲挤眉弄眼，神情有些嘲讽的意味。

"他曾跟我说过，他有一辆四匹小马拉的马车，是真的吗？"杰克问。

"应该是吧，夫人，是不是呀？"切尼说。

"我们在托莱多住着的时候，他确实有过一辆小马车。"切尼夫人说。

杰克吹了一声口哨，只说了句："哦，屈劳帕！"万语千言全都包含在了这句话里。

"我——我之前判断有误，甚至比不上马布尔黑德人。实话跟你说，我还以为这孩子精神不正常，他提起钱的时候，有点古怪。"屈劳帕吞吞吐吐道。

"他跟我讲啦。"

"他全都跟你说了吗？我还揍过他一次。"他边说边忐忑不安地望了切尼夫人一眼。

"嗯，说过。在我看来，这件事让他受益匪浅。"切尼说。

"我是觉得非揍不可才动的手，您可千万不要觉得我们船上存在虐待孩子的现象。"

"怎么会呢，屈劳帕先生。"

切尼夫人自始至终都在观察大家的长相：屈劳帕面庞坚毅，脸色发黄，秃顶；萨尔特斯叔叔顶着个锅盖头；宾呆呆傻傻、天真无邪；曼纽尔的微笑特别平静；杰克一高兴就会咧嘴；汤姆·普拉特脸上有个刀疤。在她的标准里，眼前尽是些粗人，这个判断很符合事实，不过，她的眸子里有母亲独有的智慧，她站起身来，伸出双手，带着哭腔说："唔，你们都是谁，请如实相告。我必须好好谢谢你们，愿主保佑你们。"

"您的信任就是对我们的百倍酬谢。"杰克说。

屈劳帕非常庄重地介绍了大家，礼貌程度更甚于古代的中国船长。切尼太太东一句西一句地念叨着，当她得知首先发现哈维的是曼纽尔时，差点就要扑进他的怀里了。

"我怎么会眼睁睁地看着他被水冲走，而不施以援手呢！"一向沉默寡言的曼纽尔说，"要是你发现海里有个人，你会如何处理呢？嗯，那句话怎么说来着？大家都是好朋友，他是你儿子，我真是荣幸之至。"

"他还对我说，他和丹是好朋友。"听切尼夫人这样说，丹已然满脸涨红；她在大庭广众之下亲吻了他的双颊之后，他的脸就更红了。后来，在大家的带领下，她参观了水手舱。在那里，她的眼泪不由自主地掉了下来，非要去看看哈维的铺位不可。在水手舱，她看到了正在清扫炉灶的黑人厨师，他冲她点了点头，就像是对她期盼已久似的。他们向她介绍船上的日常生活时，总是两人同时开口。她在制转杆旁坐下，伸出戴着手套的手抚摸着油腻腻的桌子，有时候嘴唇哆嗦着笑出声，一会儿泪光点点地流着泪。

"从此以后谁还会舍得用'四海为家'号捕鱼呀？我觉得她甚至把这儿当成了大教堂。"杰克对汤姆·普拉特说。

"大教堂？"汤姆·普拉特轻蔑道，"它连渔业委员会成员都不是，还能成什么神奇的大教堂呀！要是她来的时候，咱们能稍微体面些、整洁些，再找些年轻人列队欢迎就好啦。那样她爬梯子的时候就更有气势了，我们也该向她行礼致敬。"

"这么看来，哈维并未精神失常？"宾慢条斯理地问切尼。

"是呀，多谢上帝，他很正常。"高大的百万富翁弯下腰，温和地说。

"要是一个人精神失常了，那肯定特别糟糕。世界上

236

最糟糕的事情莫过于失去孩子。让我们为你的孩子平安归来向上帝致谢吧。"

"大家好！"哈维在码头上看着船舱里的人，亲热地打了个招呼。

"是我错了，哈维，是我错了。我判断失误，希望你不要介怀。"屈劳帕边说边举起了手。

"我想我以后会多加注意的。"站在旁边的丹小声嘟囔道。

"这么说你就要走啦？"

"嗯，不过得先结清工钱，除非你想让'四海为家'号被扣。"

"没错，该结清，我竟然忘了这件事了。"屈劳帕将尚未结清的工资数了出来，"哈维，你完成了工作，而且做得很好，就像天生就……"说到这里，他停了下来，不知道接下来该怎么说。

"不是乘坐私人列车的。"丹调皮地接过了话茬。

"走，我带你们去看看'康斯坦塞'号。"哈维说。

切尼留在船上和屈劳帕聊天，切尼夫人带着其他人杀向了车站。法国侍女一下子看到这么大一群人，不由得高声尖叫起来。哈维一句话也不说，让大家尽情欣赏'康斯坦塞'号的奢华。大家同样没有说话，只欣赏着眼前的一切：印花皮革、银质门把手、银质扶手、丝绒窗帘、上等板玻璃，以及各种镀铜、镀镍、镀铁的装饰和各种内陆珍稀木材。

"我早跟你们讲过，早就讲过。"哈维的话是对之前所受种种委屈的最好反击，毕竟事实胜于雄辩。

切尼夫人设宴款待众人，还亲自为他们布菜，这给日后在宿舍住宿的杰克添了不少谈资。他们早就习惯了在风浪中围坐在小小的桌子旁吃饭，所以吃相相当规矩斯文。切尼夫人对此毫不知情，所以吃惊不小。她多希望自己的管家能像曼纽尔这样，在易碎的玻璃器具以及精致的银器中可以镇静自若、从容自得。汤姆·普拉特想起了在"俄亥俄"号上的风光往昔，以及和军官们一起进餐时的外国人需要遵守的规矩；杰克是爱尔兰人，他谈笑风生，众人很快就没有了拘束。

两位父亲在"四海为家"号的船舱里吞云吐雾，相互观察着。切尼很清楚，他是不能和面前的人谈钱的；他更清楚的是，就算再多金钱都无法报答屈劳帕的恩情。他早就拿定了主意，只是在等一个机会。

"我没有为你的孩子做过什么，只是让他干点力所能及的活，并把象限仪的使用方法教给了他。要知道，在算账这方面，我的两个儿子都比不了他。"屈劳帕说。

"冒昧地问一下，你对你儿子的未来是怎样规划的？"

屈劳帕拿下嘴里叼着的雪茄，向着船舱指了一圈，说："丹就是个平常孩子，没让我费过心。将来我不干啦，这条船就是他的。他对这行有感情，我很清楚。"

"嗯！屈劳帕先生，你去过西部没？"

"最远的一次是坐船去纽约，我从未坐过火车，丹也是。我们家的人钟情于大海，我去过很多地方，都是随船去的。"

"要是他愿意，我可以安排他学习相关知识，把他培养成一名船长。"

"什么意思？要是我没记错，哈维跟我说，你是铁路大亨——尽管那时候我没有相信他的话。"

"是人都可能会误判。你大概不知道，我还经营着一家航运公司，专门运茶叶，专跑旧金山到横滨的线路。一共有六条速度极快的大铁船，每条载重一千七百零八吨。"

　　"哈维从没提起过。要是他说的是这个，而非私人专列或者四匹小马拉的马车，或许我能听得认真些。"

　　"他也不知情。"

　　"这样的小事他根本不会过脑子吧。"

　　"不是，我今年夏天才收购了原本隶属于摩根和麦克奎特的格林埃姆货运公司。"

　　屈劳帕听切尼说完，坐着的身子瘫软了，他说："上帝呀！只怕我是彻底被骗了吧！那个费尔·埃尔哈特六年前——不对，是七年前——就离开家外出闯荡了，如今成了'圣·乔赛'号上的大副，他那条船跑一趟需要二十六天。他姐姐至今还在这里居住，总是给我老婆念他的来信。你竟然是格林埃姆公司的东家？"

　　切尼点了点头。

　　"要是早点知道这个消息，我肯定一路驾驶着'四海为家'号飞奔回港口，都不带落帆的！"

"那种做法对哈维并无好处。"

"我要是早点知道就好了！哪怕他提一句那家该死的公司，我也就清楚了。我再也不固执己见了，再也不了。费尔·埃尔哈特说那些货船建造得都很精良。"

"你这样说我很高兴。埃尔哈特已经升任为了'圣·乔赛'号船长。我想安排丹跟随埃尔哈特学习一两年，看他能不能成为一名大副，不知道你愿不愿意？"

"带新手可不是闹着玩的。"

"可我知道，有人为我做了更多。"

"根本就是两码事。我觉得丹可以，并非因为他是我的儿子。我很清楚，纽芬兰大浅滩的渔船不同于快速大帆船，他还有很多知识需要学习。他会掌舵，而且在这方面比所有人都厉害，这是我们家的天赋，所以我觉得他应该能在航海方面做出成绩。"

"就让埃尔哈特带他吧，先作为实习水手跟着跑个一两趟，然后再把更重要的职务交给他。我觉得这个冬天还是让他跟你出海吧，来年开春我早点派人来接他。太平洋上的航程更遥远，我很清楚……"

"别说了！我们屈劳帕家的人，一辈子都会在海上闯荡。"

"我想对你说的是，我没有开玩笑，任何时候，只要你想见他，知会我一声，我就会安排他回来，一分钱都不需要你承担。"

"要是您不反对，就跟我回家和我老婆说一说吧。我这会儿有点懵，根本不知道什么是对什么是错，就觉得有一种非真实感。"

二人一同来到屈劳帕家，那是一幢白底蓝边的房子，造价一千八百美元，前院那条退役的平底船里种满了旱金莲花，屋里的客厅装着百叶窗，简直算得上是一个海外奇珍异宝博物馆。客厅里坐着一位高挑的妇女，她不善言辞、一脸严肃，和无数海边的女子一样，望眼欲穿地盼着亲人归航。切尼跟她说话，她总是不太积极地应上两句：

"切尼先生，光我们格罗萨斯脱每年就会有一百多人丧命，这里面有老人，也有年轻人。若大海有知，可以听到我的话，我想跟它说的是我恨死它了。上帝把它造出来，不是为了让船在海上抛锚的。依我看，你的那些船是直接驶出，然后直接归航，对吗？"

"只要风向没问题，就是直接去直接回。要是能按时或者提前回港，还有额外奖金。毕竟茶叶可不能在海上耽搁。"

"小时候过家家，他总喜欢开店，那个时候，我多希望他今后真的开个店呀。可是，没多久，他学会了划平底船，我就知道，我的愿望注定实现不了。"

"夫人，我的船都是铁壳的横帆船，结实得很。你没有忘记费尔姐姐念给你听的费尔来信吧？"

"我知道费尔说的都是实情，可是，他是个冒险家（多数在海上谋生活的人都喜欢冒险）。切尼先生，要是您认为丹没问题，就让他去，我不会阻拦的。"

"她就是对大海有偏见。我……我这个人也不会客套，不然我肯定得好好谢谢您。"屈劳帕解释说。

"我的爸爸、大哥、两个侄子还有二妹夫都命丧大海，我怎么可能喜欢大海！"她说着，把头埋在了手中。

丹回家之后欣然答应了，而且开心不已，切尼悬着的心总算放下了。丹把握住这个机会，就代表着他今后可以一路顺风，得偿所愿。不过，真正吸引他的是站在宽阔的甲板上意气风发地眺望着远处的港口。

切尼夫人和曼纽尔私下谈了救哈维的事，不过也没说明白，他似乎对钱不感兴趣。切尼夫人苦苦相劝，他才勉强说自己愿意接受五美元，给一位姑娘买份礼物。他说："我能挣钱，吃喝不愁，还有烟抽，要钱干什么呢？不管我愿意不愿意，你一定要给我？嗯，那句话怎么说来着？要是真给我钱，也不该用这种方式。你愿意给多少都行。"他把一位让人生厌的葡萄牙牧师引荐给了切尼夫人，牧师手里有一份名单，上面写满了生计艰难的寡妇的名字，那个名单很长，都快赶上他的黑法袍了。切尼夫人是虔诚的教徒，并不相信其他教派的教义，不过还是对这位巧言善辩、皮肤黝黑的小个儿牧师表示尊敬。

曼纽尔是虔诚的教会信徒，他问心无愧地将因她的仁爱而带来的福报当成了对自己的祝福，说："这样一来，所有事情就都解决了。我有了六个月的赎身，所有罪孽都被赦免了。"他选购了一块围巾，打算送给现在的女朋友，却伤透了其他姑娘的心。

萨尔特斯叔叔带着宾去了西部，没留地址，下季就不出海了。他很担心这位拥有奢华私人专列的百万富翁会过于热情地干涉自己朋友的事。于是，便决定去内陆拜访亲友，待到事情了结之后再回来。在火车上，他对宾说："宾，无论如何你都不能被有钱人收买，否则我一定会抄起棋盘砸向你的脑袋。就算你记不清自己的姓——勃勒特——那也一定要记得，你是萨尔特斯·屈劳帕的家人。你坐在这等我，千万别乱跑。千万不要跟那些《圣经》中所写的那样，眼睛鼓出来像是肿了一样的家伙们打交道。"

第十章

　　"四海为家"号上那位不善言辞的厨子却出人意料地把自己的全套工具都包在手巾里，从船上下来，去了"康斯坦塞"号。工资、住所都不是他在乎的，他只是在睡梦中得到了神灵的启示，后半辈子追随哈维。一开始，切尼家原有的两名亚拉巴马黑人对他正颜厉色，后来又讲道理，可是这个来自布雷顿角的黑人无论如何都和那两个来自亚拉巴马的黑人说不通。厨子和门房将此事向切尼做了汇报，这位百万富翁听后哈哈大笑。他觉得哈维说不定哪天就会需要一位贴身仆人，他坚信，一个自愿过来伺候的仆人比五个雇佣来的仆人都强。于是，厨子被留了下来，尽管他自称麦克唐纳，还会用盖尔语骂人。专车即将返回波士顿，若是那个时候他仍旧初心不改，就带他到西部。

"康斯坦塞"号走后，他暂时和百万富翁这一内心有点抵触的标签切断了联系，于是将更多精力投在了闲情逸致上。格洛斯特是新大陆上的一座新兴城镇，他计划将其收入囊中，正如他当年登高一呼，就拿下了从斯诺霍米什到圣迭戈的全部城镇一样。蜿蜒的街道上，一侧是码头，一侧是船具商店，这便是当地人赖以谋生的买卖。切尼身为一名优秀的商人，很想弄清楚捕鱼行业的运作方式。大家都说，新英格兰每周日早餐桌上的鱼丸，五个里面有四个产自格洛斯特。切尼还研究了船只、装备、货场、投资、盐场、包装、工厂、保险、工资、维修、利润等一系列十分复杂的统计数据。他和某些大船队的老板交流过，这些船队的船长一般都是雇佣来的，水手则以瑞典人、葡萄牙人居多。切尼还咨询了屈劳帕，像他这样自己买船自己做船长的情况并不多见。然后他就开始动用自己精明的头脑对各种信息、数据展开了分析。他在旧船具店里转来转去，摸着一盘盘锚链，带着刨根问底的精神，不停地问着各种问题。到最后，"那人究竟在找什么"成了所有岸边人的共同疑问。他还随意地走进互助保险会的办公室，向人打听那些天天被画在黑板上的神秘记号代表什么意思。这个行为几乎吸引来了整个城镇里所有渔民孤寡援助会的全部办事员。他们放下面子恳请他捐款，并希望可以打破其他团体的募捐纪录。切尼捋着胡子，将这些事情全权交由切尼夫人处理。

切尼夫人正在东角一带的某家旅馆修养，这家旅馆的特别之处就在于，由寄宿者负责店面管理。桌子上铺着蓝白格子桌布，客人们就像是多年好友。就算半夜肚子饿，也会从床上爬起来制作威尔士干酪吐司。入住的次日清晨，切尼夫人摘下身上的首饰，下楼去用早餐。

"大家都特别可爱，善良且单纯，虽然大多都是波士顿人。"她开诚布公地对丈夫说。

"夫人，那并非单纯。"切尼边说边将目光看向了苹果树林，树上挂着几个吊床，更远处是一片卵石滩，"那是其他东西，某种我们不具备的东西。"

"不可能，在这儿生活的所有女人，没有任何一件衣服超过一百美元的。可是我们……"切尼夫人低声道。

"亲爱的，我懂你的意思，我们什么都有。不过，在我看来，或许这仅能说明东部人的穿衣风格本就如此。这几天过得可好？"

"哈维总跟着你，我几乎见不到他。不过我已经不像以前那么提心吊胆啦。"

"自打威利过世，我从未这般高兴过。从前我几乎意识不到自己还有一个儿子，哈维将来一定会很出色的。亲爱的，需要我为你拿点什么东西吗？靠垫行不行？好啦，我要带着哈维去码头转一转。"

最近几天，哈维和父亲如影随形。父子二人并肩散步，切尼以坡陡为借口，将自己的手搭在了儿子宽阔的肩膀上。直到这时，哈维才意识到自己以前从未发现过的，父亲那种通过和路人闲聊发现新事物、了解事情底细的罕见本领，这种本领深深触动了他。

"爸爸，自己不交底，却让对方和盘托出，你是怎么做到的呀？"父子二人从一家索具店的阁楼走出来后，哈维问道。

"哈维，我从年轻时就开始和各种各样的人打交道，很容易就能揣度出别人的想法。当然，我也有自知之明。"切尼停了一下，父子二人在码头边坐下，继续说道，"一个做得多说得少的人，很容易赢得别人的信任，也很容易跟人打成一片。"

"大家在伏弗曼码头就是这样对我的，他们把我当自己人，狄斯柯见人就夸我干得好。"哈维伸出手搓了搓，略显遗憾地说，"这双手又细腻了。"

"等你完成学业之后就可以再次把它们锻炼得结实啦。"

"嗯，我就是这么想的。"哈维的语气中带着一点消沉。

"哈维，这完全取决于你自己的选择。你也可以躲在妈妈身后，让她天天提心吊胆、唠叨不停，担心惹你生气。"

"还有这种事？"哈维有些羞愧。

切尼转过身去，二人距离大概巴掌远，说："咱们两个都很明白，要是你不听话，我也没有办法。要是只有你，我还能应付，可是你们母子两个，我怕是应付不来。毕竟人生苦短。"

"你不想我成为一个优秀的人吗？"

"我觉得大部分责任在我，可是，我不想骗你，至少时至今日，你还不算优秀。你觉得呢？"

"唔！狄斯柯觉得……爸，你把我养到这么大，一共花了多少钱呀？从出生到现在一共多少？"

切尼笑了，说："我没有精确计算过，但是粗略估计应该有四五万或者六万美元吧。年轻人挥金如土，见到什么买什么，而且喜新厌旧，不管怎么样，都是老爷子签单。"

哈维尴尬地吹了声口哨，想到父母为了抚养自己花费这么多钱，内心又有一丝满足。"这么说，这些钱都白花费了，对吗？"

"哈维，那是投资，我希望那是投资。"

"就算一共花了三万吧，我挣来的三十美元不过是花费的千分之一。真是亏大了。"哈维郑重地摇了摇头。

切尼开怀大笑，差点从货堆上掉进水里。

"丹十岁以后，狄斯柯从他身上得到的钱就比花费的多得多，他每年只有半年时间上学。"

"唔，你的追求就是这些，对吗？"

"不是的，我还没有追求的目标。我现在天天稀里糊涂的，真的是……真该挨顿揍。"

"我是不会轻易动手的，除非被逼无奈。"

"要是真的动了手，我肯定会永生铭记——永不原谅。"哈维双手托腮道。

"嗯，易地而处，我也会记一辈子，永不原谅。你明不明白？"

"我明白，错在我，不关别人的事。不过，知错能改，善莫大焉。"

切尼从马甲口袋里拿出了一支雪茄，咬掉一头，吸了起来。他们父子俩长得很像，都是高鼻梁、眼距很近的黑眼睛，还有高颧骨。只是，切尼的嘴巴被胡子挡住了。只要拿褐色油彩抹一抹，他就是故事书里活灵活现的印第安红种人。

切尼慢条斯理道："你以后还可以继续像以前那样过日

子，每年花费六千到八千美金，直至成为拥有选举权的成年人。成人以后，你依旧可以花我的钱，每年花上个四五万，还有你母亲给你补贴。你会有一个随从、一艘游艇，还有一个作秀的牧场。你可以一边装模作样地养马，一边和那些酒肉朋友鬼混。"

"像洛里·塔克那样？"哈维问。

"对，德维特里家的两个儿子、老麦克奎德的儿子都是这样过日子的。加利福尼亚根本不缺这种人，你看，东部纨绔的代表这不就过来了嘛。"

只见一艘闪闪发亮的、插着某家纽约俱乐部三角旗的黑色蒸汽游艇冒着烟进了港，游艇船舱是桃心木材质的，罗盘箱是镀镍的，船篷是粉白相间的条形雨布。两位年轻人身穿自以为是的航海服，在大厅的天窗下打着牌，两位女士打着红蓝相间的遮阳伞站在一旁，时而还会发出刺耳的笑声。

"无风无浪的，根本不用这么小心，总怕被人挑出错来。"游艇减速，寻找浮桶系缆绳，哈维挑剔道。

"有人给他们出钱，他们就花天酒地。我可以给你比他们多一倍的钱，你喜欢那样的生活吗？"

"上帝呀！小艇怎么能那样停呢！"哈维的注意力还在游艇上，"要是我把绞车操作成那个样子，就没脸出海啦……要是我不喜欢呢？"

"不喜欢什么？不喜欢待在岸上？"

"游艇啦，牧场啦，靠老爹供养啦，还有——惹了麻烦就藏到妈妈身后啦。"哈维眨巴着眼睛说。

"儿子，既然这样，你干脆跟着我干吧！"

"每月十美金工资？"哈维说着又眨巴了一下眼睛。

"在你胜任之前，我绝不多出一分钱；而且，刚开始这三两年，你也拿不到钱。"

"我愿意从办公室清洁工干起。大老板们起步时不都是这样从小事做起的吗？"

"没错，我也正有此意。可是，在我看来，打扫办公室随便找个清洁工就行。当年我起步的时候，就犯过类似错误。"

"犯过挣了三千万美元的错误，是不是？爸，我也想犯这种错。"

"我那是有失有得，且听我慢慢道来。"

切尼捋了捋胡子，微笑着看向平静的海面，悠然开讲了。哈维立刻意识到父亲要跟自己讲他过去的经历啦。切尼语调低沉，语速平稳，面无表情，也没有任何动作。那是一段十数位头牌记者争相斥巨资希望刊登的故事，是一段历经四十年却无人知晓的故事，也是一段西部发展的故事。

　　故事的主角是一个男孩，他无依无靠，独自漂泊在得克萨斯，历经无数大起大落。故事发生在西部的各个州，还有那一座座只用一月便兴起、转瞬之间便消亡的城镇，有时候也发生在那些昔日人烟稀少却满是冒险活动的村子。时至今日，上述各地早已变成了繁华的都市。他还提到了已经建好的三条铁路线，以及被蓄意破坏的第四条铁路线。故事里有汽船，有城市，有森林，有矿山，还有从世界各地聚集而来的坚韧不拔、勇于创造、栉风沐雨的创业者。有时候好运降临，大笔财富就在身边，自己却浑然不觉，机会也稍纵即逝。世事变幻，日新月异，他有时骑马，更多时候徒步；他有时富有，有时贫穷；时而福星高照，时而霉运当头；他行过船，跑过车，做过承包商，经营过商店，做过记者、工程师、旅游推销员、房地产经纪人，甚至从过政；

他赖过账，卖过酒，开过矿，投过机，贩过牲口，也流浪过。不过，自始至终，他都保持着冷静，不断向着自己的目标而努力，为国家的荣誉和兴旺贡献力量。

他说，就算退路全无的时候，他也没有放弃过心中的理想，因为他人情练达、世事洞明。他好似自言自语般诉说着自己的经历，展现着自己大无畏的勇气和过人的智慧。往事历历在目，他娓娓道来。他讲到自己是如何打败或者宽恕对手，就像自己曾因麻痹大意被对手打败或者宽恕；他还讲到自己为了让村镇、公司和企业集团持续发展，是怎样想方设法、恩威并济；他翻山越岭、穿过山涧，总算建成了一条蜿蜒的铁路，却招致了各个机构的肆意诋毁，最终名声不保。

哈维被这个故事深深吸引了，他歪着脖子，目不转睛地盯着父亲的脸。暮色渐浓，雪茄烟的光照亮了父亲爬满皱纹的面颊还有那两道浓浓的眉毛。哈维似乎看到了夜幕下的旷野里，一列火车头疾驰而过，每行驶一英里，炉门便会打开，露出红光。只是，这个火车头仿佛会说话，而且所说的字字句句都深深触动并激荡着他的心灵。最后，切尼扔掉烟蒂，父子二人并肩坐在漆黑的码头上，下面就是波涛汹涌的大海。

"这些事我从未向人提起。"父亲说。

哈维终于缓过神来，说："这真是一段传奇！"

"这些都是我的收获，现在让我给你讲讲那些失去的事吧。或许在你听来没什么，可是我不希望你到了我这把年纪后悔。我确实懂得人情世故，天资也不差，不过，还是和那些科班出身的人没法比！我不是专业出身，而是边干边学，别人一眼就能看出来。"

"我就看不出来。"儿子义愤填膺道。

"总有一天你会看出来的，哈维。你上了大学，就能看出来了。我如何得知？难不成那些人用看'土财主'——这是当地人的说法——的眼神看着我时，我会浑然不知？我拥有让他们一败涂地的能力，但是却无法让他们心悦诚服。我并不觉得他们天资过人，只是觉得自己欠缺太多。现在你还有机会。你应该积极学习所有能学到的知识，以便和志同道合的人打成一片。那些人上学，只是为了一年数千美元的工资，但你不是，你上学是为了年入百万。你要认真学习法律，等我离开了，那些知识会帮助你捍卫自己的产业，你还要和市场上的杰出人才多接触（今后总有用得到他们的地方）。最为重要的是，你一定要刻苦学习，千万不要浅尝辄止、拾人牙慧。哈维，这个样子是挣不到钱的。在这个国度，知识就是一切，不管是做生意还是从政，知识带来的回报只会愈来愈大。事实会证明这一切的。"

"上四年大学，这笔买卖不划算！当时应该选仆人和游艇！"哈维说。

"儿子，别多想，你的投资是回报最大的。"切尼坚定地说，"我想等你掌管家业之后，一定不愿意看到家道中落的结局。好好想想，明天一早把你的决定告诉我。赶紧回去吧！不然就要错过晚饭啦。"

鉴于此次谈的是生意，所以哈维觉得不用告诉母亲；切尼自然和他的观点一致。可是，身为旁观者的切尼夫人却猜疑不少，还有些嫉妒。从前那个磨人的儿子不见了，如今这个小伙子精明冷静、谨言慎行，有事总是找父亲商量。她知道他们是在说生意，不需要她来过问。就算真有什么猜疑，在切尼从波士顿带回一枚新款卵形钻戒之后，也全都消失无踪了。

切尼夫人一边在阳光下看着钻戒，一边面带微笑问：
"你们两个大男人忙什么呢？"

"聊天——聊天而已，夫人，没什么影响哈维的地方。"

事实的确如此。哈维经过慎重考虑，做出了决定。他一本正经地对父亲说，自己对铁路、木材、房地产还有矿产生意都没兴趣，只希望能掌管父亲新收购的那几艘船。若父亲能在他觉得合理的时间内应允，那么他保证会在大学刻苦学习四五年。而且必须让他在假期全面了解和航运有关的全部事物——他已经问过父亲不少于两千个与此有关的问题了——从父亲放在保险柜里的机密文件，到旧金山港的拖船。

"成交！"老切尼宣布道，"当然啦，在毕业之前你大概还会改上几十次主意；不过，只要你能规规矩矩地完成学业，保证不在二十三岁之前辍学，我就会将那份产业交给你。哈维，你觉得行吗？"

"没必要，把一家生意兴隆的店铺一分为二，不是明智之举。而且，这个世界的竞争实在是太多了。狄斯柯曾经说过:'是亲三分向。'跟着他的人从来没有背叛过他,他觉得就是因为这样,他们才会每次都大丰收。唉,周一'四海为家'号就要出海去乔治浅滩了,他们是不是在岸上待不了多长时间?"

"是,我想咱们也该离开了。我从西跑到东,好久没有打理生意啦,是时候重新在生意上用用心啦。可是,我真不想离开,都二十多年没这样度假啦。"

"咱们能不能送完狄斯柯再走?周一是亡人纪念日,至少也得过完了再走。"哈维说。

"我常听旅馆里的人说起这个纪念日,这天是有什么活动吗?"切尼有些犹豫,不愿意扫了哈维的兴。

"据我所知也就是唱唱歌跳跳舞,给夏季游客们提供一场演出。狄斯柯不想参加,他说那些募捐的人会趁机私吞大家捐赠给孤儿寡母的善款。狄斯柯特别有主意,你发现了没?"

"嗯,发现了。他的确有主意,但是只体现在某些方面。这么说,纪念日是城里的义演?"

"是夏日集会,在大会上要宣读一年来溺亡和失踪的名单，还有演讲和朗诵。按照狄斯柯的说法，还会有援助会的办事员趁着集会结束跑进后院募捐。他说，真正的演出得等到春天。那个时候这里没有游客，神父们都会出席。"

"我知道啦，咱们等亡人纪念日过完，下午再走。"切尼的通情达理表现得淋漓尽致。

"我得去找一下狄斯柯，让他在启航前带着朋友们一块过来，我要和他们一起过纪念日。"

"噢，去吧，去吧。我只是个避暑游客，你却是……"切尼说。

"是在大浅滩捕鱼的水手——地地道道的水手。"哈维跨上电车回头喊道，切尼则继续怀揣着美好的憧憬往前走。

屈劳帕认为打着公众典礼的名义募捐特别没意思，哈维软磨硬泡，说要是"四海为家"号的人不参加，这个纪念日将十分暗淡。最终，屈劳帕答应了，不过他有一个条件。码头上的所有事都会闹得人尽皆知，他听人说有一位费城女伶将会出席纪念活动，他很担心她会演唱《船长埃瑞森之旅》。尽管他对女艺人和避暑客都不感兴趣，但是总得有人站出来说句公道话。虽然他曾做出过错误判断（哈维听他这样说不禁笑了），但他决不允许这种不公道的事情发生。因此，哈维回到东格洛斯特，用了半天的时间，来向这位享誉东西海岸的女艺人解释人们对埃瑞森船长的误解。她听了哈维的解释，承认这件事的确如屈劳帕所说的那样关乎公道。

见闻广博的切尼早就预料了集会的场景。这种公众集会，实际上就是大家的精神会餐。在雾蒙蒙、热乎乎的早上，一辆辆电车向西飞奔而去，车上载满了穿着轻薄夏装的女人，还有头顶草帽、面容白净，刚刚从波士顿的办公桌前赶来的男人。邮局外面全都是自行车，工作人员来来往往，互相打着招呼。旗子在沉闷的空气中轻轻飘动，飒飒作响。一个男人手握皮管，装腔作势地冲洗着方砖铺就的人行道。

"夫人，你还记不记得在西雅图发生火灾之后，是怎样快速重建的吗？"切尼突然问道。

切尼夫人点了点头，挑剔地打量着这条蜿蜒的街道。她和丈夫对这种西部集会很熟悉，而且还在心里一一比较过。渔民们开始聚集在市政厅门前，其中有将脸刮得泛青的葡萄牙人，他们的妻子或是不戴帽子，或是用披肩遮住了半张脸；

有眼睛明亮的新斯科舍人以及来自其他滨海省份的男人；有法国人、意大利人、瑞典人，还有丹麦人；最外面还站着一些在此处停泊的双桅帆船上的船员。身穿一袭黑衣的妇女随处可见，她们神色悲戚却又略显自豪地相互寒暄着，这是属于她们的盛大节日。隶属于不同教派的神父也汇聚于此，有来此地度假的大神父，有尽忠职守的小神父；有从山顶教堂下来的曾经做过船员的神父，他们和很多船员称兄道弟。这里还有船队老板，各援助会的捐助人，以及仅仅拥有数条小船还将其抵押出去的小人物，还有银行职员、保险经理人、拖船船长、供水船船长、索具经营商、装配工、码头工、盐贩、造船匠、箍桶匠，以及各色靠海吃海的人。

他们在一排排座位间来回穿梭，开着避暑客人穿衣打扮的玩笑。一位汗流浃背的本市官员四处巡视，将身为公民的单纯的自豪感撒播到每一个角落。数天之前，切尼曾和他打过照面，如今已是老友相见的感觉。

"切尼先生，您对本市印象如何？——夫人，请坐，随意坐。——不知道你们西部有没有类似的活动？"

"有，但是历史没有你们这么悠久。"

"这是当然，当初我们举行建城二百五十周年庆祝典礼时，真应该邀请您到场。毕竟悠久的历史本身也是城市的财富。"

"的确，当之无愧。不过，为什么这样的城市连一家高档宾馆都没有？"

"前方左侧就有一家佩德罗宾馆，给您和您的随行人员留着很多房间。——切尼先生，咱们多次谈起过建设一流旅馆的事情，这需要大笔投入。不过，这笔钱对您来说，根本不值一提。我们想……"

他正说着，一只大手就搭在了他那穿着呢子大衣的肩头，拧着他转了半圈，原来是在沿海一带经营煤炭和冰生意的红脸蛋波特兰船长。他说："正经人都在海上谋生，你们这群人只在议会厅里拍拍巴掌就能给这座城市制定法律，这合理吗？城里真是太干燥了，味道也比我上次来的时候难闻得多。不管怎么说，总得留下一个能喝两杯的酒馆吧。"

"卡森，不要一副有人欠你几百块钱的样子。你刚刚提到的问题，咱们以后再说。你找个靠门的地方坐一坐，好好准备一下论点，等我回来。"

"跟你讲道理有什么用啊？密克隆的香槟酒一箱才卖十八美金，可这里……"此时，集会的乐声响起，船长闭上嘴，落了座。

"新乐队，花四千美金组建的。"那位官员十分骄傲地对切尼说，"只能通过提高明年的税金来填补啦！我可不愿意让神父把控集会，搞成宗教仪式。现在站在那里唱歌的是我们找来的几个孤儿。我妻子教他们唱的。切尼先生，失陪了，我该上台了。"

清亮纯真的童声将喧闹的噪声完全压住了。

啊，众生皆是上帝创造，皆受上帝保佑：
请赞美他，永远崇拜他！

空气中回荡着反复吟唱的歌声，在座的妇女全都向前探着身。切尼夫人等人呼吸急促，根本无法想象世上的寡妇竟然这么多。她习惯性地在人群中搜寻哈维。哈维在后排找到了"四海为家"号的朋友们，在丹和屈劳帕二人之间站定。萨尔特斯叔叔和宾在前一天的晚上从帕姆利克海湾赶了回来，他满腹狐疑地看着哈维，问：

"你们还没走呢？臭小子，你们来这里做什么？"

啊，五湖四海，皆受上帝保佑：

请赞美他，永远崇拜他！

"他不可以待在这里吗？他和大家一样，都出过海。"
丹说。

"身上的衣服可不一样。"萨尔特斯气急败坏道。

"萨尔特斯，别说了，臭脾气又犯了。哈维，在那儿
站着，不用动。"屈劳帕说。

接着，另一位市政府官员，也是这次大会的主持人站起
来讲话。他先是对各位到格洛斯特的来宾由衷地表示欢迎，
然后指出格洛斯特比世界上的其他地方都要优越。然后，话
锋一转，提到了这座城市之靠海吃海，以及每年为了收获不
得不付出的代价。接着他宣读了一百一十七人的遇难者名单
（寡妇们不觉愣住了，然后面面相觑）。格洛斯特没有任何
一个足够引以为荣的大工厂，这里的百姓只能靠海吃饭。大

家心里都很清楚，乔治浅滩也好，大浅滩也罢，都不是可供奶牛生长的牧场。岸上的人能做的也就是对孤儿寡妇提供一点帮助。他说了几句客套话，就借此机会，以这座城市之名，感谢那些热心公益并积极参与募捐的来宾。

"我最讨厌这种做表面文章的人，简直就是在丢大家的脸。"屈劳帕气愤地说。

"要是大家不知节俭，不想着未雨绸缪，总有丢脸的时候。小伙子们，一定要吸取教训呀！要是大手大脚，就算有钱也撑不过一季。"萨尔特斯说。

"可是，如果最终一无所有，那又该怎么办呢？我有一回……"宾用他那双蓝汪汪的眸子四处打量着，像是在寻找一个可以注视的地方，"有一回，我在书中读到，一艘船整个被淹了，只有一个人活了下来。他对我说……"

"住嘴吧！宾，你少读书，多吃饭，才对得起我收留你。"萨尔特斯粗暴地打断了宾的话。

挤在人群里的哈维只觉不寒而栗，刺骨凉意从脖颈直达脚跟。虽然天气闷热，但他却阵阵发冷。

屈劳帕蹙着眉瞥了一眼台上，问："那个就是从费城来的女艺人？哈维，把埃瑞森船长的事讲明白了没？你现在知道我为什么要这么做了吧？"

女艺人演唱的不是《埃瑞森之旅》，而是另一首歌，讲述的是一个名叫布利汉的渔港和一队突然遭受暴风雨的排钩船的故事。妇女们动用一切可以燃烧的东西，在码头点起篝火，指引渔船返航。

她们拿走阿婆的毛毯，阿婆颤颤巍巍地让她们
赶紧走；

她们拿走婴儿的摇篮，婴儿的"不"字也说不
出口。

"天呀！真是太壮观啦！只是，她的出场费肯定不低。"丹扒着高个子杰克的肩头望去。

"无关痛痒。丹，码头上有火光！"这个戈尔维人说。

她们内心惴惴，不知点燃的篝火是引航的明灯，
还是葬礼的火光。

婉转的歌声拨动了观众的心弦，她唱到被雨水浇湿的水手们被冲上了岸，妇女们不论死活，全都将他们抬到了篝火边。问道："孩子，这是不是你的父亲？"抑或是："女人，这是不是你的丈夫？"此时，在座的人都不胜唏嘘。

> 布利汉的水手，碰到风暴时，不妨想一想亲人的爱心，如帆顶明灯般照亮你们的归程！

一曲终了，掌声稀稀落落。妇女全都在忙着找手帕，大多男人都含泪抬头盯着屋顶。

"你别说，别管去哪个戏园子听这种歌，都得花上个一两美金。我想就算有人能负担得起，也纯粹是糟蹋钱……"萨尔特斯说，"哟，是什么风把卡普·巴特·爱德华兹吹来了？"

"不要这样贬低人，他跟咱们是同行，还是个诗人，今天就是来朗诵自己写的诗歌的。"一个东角人在萨尔特斯背后说。

他并未提及爱德华兹船长为了能够在格洛斯特的亡人纪念日朗读自己的大作，已经连续争取了五年之久。一位娱乐委员会委员被他折磨得无可奈何，才让他夙愿得偿。他身穿节日盛装，刚刚站上台去，还未开口，那股淳朴的喜庆劲儿就赢得了听众。众人静静听完七百三十节铿锵有力的诗句，这首诗还原了1867年，双桅帆船"琼·哈斯肯"号在乔治浅滩一带遭遇风暴、不幸失事的经过。朗诵结束后，众人齐声喝彩。

一位波士顿记者深谋远虑，不动声色地跟了过去，对他进行采访并索取了诗歌全稿。这位七十三岁高龄、曾经捕过鲸、修过船的渔民精英兼诗人，受到这般待遇，也算此生无憾。

"嗯，他说的是事实。我曾双手捧着他的诗作，去往诗中描绘的那个地方，我敢发誓，他将所有该写的都一字不落地写进去了。"那个东角人说。

"像这样的诗，丹吃早饭时用一只手就能写出来。要是写得不如他好，还得挨揍。说实话，也就缅因州那段儿差强人意。"萨尔特斯向来维护马萨诸塞人的荣誉。

"难道萨尔特斯叔叔这次出海之后不打算回来了？不然他怎么舍得开口夸我，这可真是前所未有！"丹偷笑着说道，"哈维，你怎么啦？脸色又青又白，一句话也不说，是不是不舒服？"

"不知道怎么回事，就觉得浑身发紧，还很冷。"哈维答道。

"闹肚子？唉哟，大事不好。名单念完咱们就走，涨潮之前出港。"

寡妇们知道接下来将会有什么事情发生，一个个打起精神，就如准备慷慨赴义一般，她们大都是这个渔季守的寡。那些身穿花花绿绿的裙装、正在品评爱德华兹船长的绝佳作品的姑娘们也闭了嘴，扭头探询全场突然肃静的原因。渔民纷纷向前挤，曾和切尼交谈的那位官员突然上了台，按照遇难先后顺序宣读本年度的遇难者名单。去年九月的死者大部分是单身汉和外乡人，全场一片肃静，只有官员嘹亮的嗓音在回荡：

九月九日，"弗洛里·安德森"号在乔治浅滩附近失事，无人生还。

鲁宾·皮特曼，船长，五十岁，家住本城美因街；

艾米尔·奥尔森，十九岁，未婚，丹麦人，家
住本城哈蒙德街三百二十九号；

奥斯卡·斯坦伯格，二十五岁，未婚，瑞典人；

卡尔·斯坦伯格，二十八岁，未婚，家住本城
美因街；

佩德罗，未婚，家住本城基尼客店，大概是马
德拉群岛人；

约瑟夫·威尔士，又名约瑟夫·怀特，三十岁，
纽芬兰圣约翰人。

"不对，他是缅因州奥古斯蒂人。"一个声音从听众
席传来。

"他是在圣约翰上的船。"宣读人向名单上看了一眼说。

"这我知道，他是我的侄子，来自奥古斯蒂。"

宣读人用铅笔对名单进行了修改，接着读道：

同船水手查利·里奇，三十三岁，未婚，新斯科舍利物浦人；

阿尔伯特·梅，二十七岁，未婚，家住本城罗杰斯街二百六十七号；

九月二十七日，奥尔文·多拉德，三十岁，已婚，在东角一带乘平底船时溺水。

这句话就像子弹一样，正中要害。一位寡妇瘫在座位上，时而两手攥在一起，时而分开。切尼夫人始终瞪大眼睛认真听着，她脖颈僵直，简直喘不上来气。丹的妈妈在切尼夫人右侧，中间隔着几个座位，她看到这种情况，赶忙凑了过来。名单仍在继续宣读，一月和二月失事船只的遇难者姓名就像枪林弹雨一样，又急又密地袭向这群寡妇，她们只得咬紧牙关，小声抽噎。

二月十四日，"哈里·兰道夫"号双桅帆船在由纽芬兰返航途中断桅，阿萨·穆西，三十二岁，已婚，家住本城美因街三十二号，落水失踪；

二月二十三日，"基尔伯特·霍普"号双桅帆
船上的水手罗伯特·毕文乘平底船失踪，二十九岁，
已婚，新斯科舍帕布尼科人。

他的妻子就在现场，一阵低低的哭喊声传来，就像是
一头被打中的幼兽。哭声立刻止住了，一名年轻女子踉跄着
从大厅跑了出去。几个月来，她受尽煎熬，始终心存幻想，
因为曾有平底船失踪后，上面的船员奇迹般地被深海帆船救
了回来。如今，她的希望破灭了，面如死灰。哈维看见人行
道上的警察替她拦了一辆出租车。"到车站五十美分。"司
机话音未落，看见警察攥紧的手，急忙改口道，"不过，我
刚好顺路，赶紧上车吧。阿尔夫，下次我不亮灯，就不要拦
我的车了，好吗？"

车门关闭，那道明亮阳光被挡在了门外，哈维再次将
视线转回台上的宣读人，还有那张漫长的名单上。

四月十九日，"马米·道格拉斯"号双桅帆船
在大浅滩失事，无人生还：

274

爱德华·坎顿，船长，四十三岁，已婚，家住
本城；

　　D.哈金斯，又名威廉姆斯，已婚，三十四岁，
新斯科舍谢尔本人；

　　G.W.克雷，二十八岁，黑人，家住本城。

宣读人还在念着，哈维觉得喉咙好像被堵住了，肠胃
也如从班轮落入大海那天一样翻江倒海。

　　五月十日，"四海为家"号（哈维觉得血不停
地向上涌动着），奥托·哈佛尔，二十岁，未婚，
家住本城，落水失踪。

一阵努力压低的、嘶哑的哭声从大厅后排传了过来。

　　"她不该到这里来，她不该到这里来。"高个子杰克
连连叹息道。

　　"哈维，别硬撑。"丹话音未落，哈维就眼前一黑，
直冒金星。屈劳帕弓着腰叮嘱了妻子几句，她正一手揽着切

尼夫人，一手压着切尼夫人戴着戒指、攥在一起的双手。

"低下头，低下头，很快就没事了。"屈劳帕的妻子向切尼夫人耳语道。

"我不⋯⋯不行啦！我不⋯⋯不要！唔，让我⋯⋯"切尼夫人说的什么连她自己都不清楚。

"别着急。"屈劳帕的妻子再次安慰道，"你儿子只是晕倒了而已。孩子们成长过程中总会晕几次。你想去照看他？咱们从这边出去。小声点，跟着我。唉哟，亲爱的，咱们都是女人，有照顾自己男人的职责。"

"四海为家"号的人搀扶着脸色惨白、颤抖不已的哈维，如同保镖一般簇拥着挤出人群，将他搀扶到了休息室的凳子上。

切尼夫人俯身照看儿子时，屈劳帕的妻子不禁感慨道："长得跟妈妈真像。"

"是你说他能受得了的。"切尼夫人气不打一处来，责怪丈夫，丈夫一言不发，她又继续说，"可怕，真是太可怕了！咱们根本就不该来。真是造孽呀！这种做法实在是太缺德了！他们应该把这个名单登在当地的报纸上！宝贝，你好点了吗？"

哈维又羞又臊，只能用苦笑来掩饰："唔，好多了，好多了。"他挣扎着要站起来，"大概是早餐吃坏东西啦。"

"应该是咖啡，咱们再也不来了。"面如刀刻、冷峻异常的切尼说。

"还是去码头吧，跟这群南欧人挤在一起，真是难受。码头空气新鲜，对夫人有好处。"屈劳帕说。

虽然哈维一再强调自己已经没事了，但是一看到停在伏弗曼码头、已然翻新的"四海为家"号，就不由得感慨万千、五味杂陈。来避暑的游客只是乘着独桅艇观光，抑或是站在码头上眺望大海，可他却百感交集，真真切切地感受着这里的一切，一时间大脑竟有些空白。眼前这条小小的双桅帆船很快就要远航啦，他多想坐下来大哭一场呀！切尼夫人一路走一路哭，还嘟嘟囔囔地对屈劳帕的妻子诉说着自己内心的感激，屈劳帕的妻子安慰她，就像在安慰一个孩子。六岁之后就再未享受过这种待遇的丹吹起了口哨。

此时此刻，这帮朋友在哈维心中，几乎就是远古时期的航海家，他们跳上这条停泊在平底船中的破旧双桅帆船，站稳脚跟。哈维解开"四海为家"号的尾缆，船上的人纷纷伸出手推着码头边缘，让船缓缓沿着海岸滑动。大家似有万语千言，话到嘴边，却什么都说不出来。哈维嘱咐丹一定要看好萨尔特斯叔叔的靴子还有宾的平底船锚，高个子杰克叮嘱哈维千万别忘了自己学会的水手技艺。在场的两个女人听着这些，只觉得枯燥。在港湾碧水的推动下，好友们渐行渐远，嘴边的玩笑话也说不出口了。

"把船头的三角帆和前帆升起来。"屈劳帕见有风吹起，就抓住舵轮，喊了起来，"哈维，再见啦。虽然不知何时才能再见，但我会想念你们的。"

"四海为家"号渐行渐远，再也听不到任何船上的动静。岸上的人坐了下来，目送船儿出港，切尼夫人的泪还没有收住。

"亲爱的，我说咱俩都是女人，我知道哭出来你可能会舒服点。不过，上帝很明白，对我来说，哭根本无济于事，不过，他知道我心里的苦。"屈劳帕的妻子说。

....

若干年后，在美国的另一侧，一位年轻人穿过雾蒙蒙的、仿石木结构的高档住宅林立的街道。他从风中走来，刚刚在一道锻铁大门前站定，另一位年轻人就骑着一匹价值一千美元的马迎了过来。下面是他们两个的对话：

"丹，一向可好！"

"哈维，你好！"

"有没有好消息？"

"有啊，这回再出海我就是二副啦！你入学三年了，快完成学业了吧？"

"嗯，在雷兰·斯坦福待上三年，可真够一个'四海为家'号上的老水手受的。好在到明年秋天，我就能接手生意啦。"

"是管船队吗？"

"还会有别的答案吗？丹，等着看我怎么拿你开刀吧。新官上任三把火，等着看吧，我会给他们一个大大的下马威的。"

"我拭目以待。"丹友善地笑着说。哈维从马上跳下来，问丹要不要进去。

"我这儿抛锚就是想跟你聚一聚。对了，大师傅在这儿吗？要是让我碰见了，我一定把那个黑疯子连同他开的那些破玩笑扔进大海。"

一声得意的窃笑传了过来，"四海为家"号的前厨师从雾中钻了出来，拉住马缰绳。现在，哈维的饮食起居由他全权负责，任何人不得插手。

"这雾真大，简直跟大浅滩有一拼，是不是呀，大师傅？"丹讨好地问。

这位似有预知能力的凯尔特黑汉子并未答话，他气定神闲地拍了拍丹的肩膀，凑到丹的耳朵边上，第二十次念起了那个老掉牙的谶语：

"主子——奴才，主子——奴才；丹·屈劳帕，这是我在'四海为家'号上说过的话，你没有忘了吧？"

"没有忘，显然，现实不允许我不认账。'四海为家'号真是了不起，我对它心怀感激，感激万分——它还有我爸爸。"丹说。

"我也一样。"哈维·切尼说。